カメラを止めて書きます

ヤン ヨンヒ

CUON

本書は二〇二二年に韓国の出版社マウムサンチェクより刊行された『카메라를 끄고 씁니다』の日本語版です。著者が日本語で執筆したオリジナルの原稿をもとに、韓国語版を参照しながら編集をおこないました。なお本書内の写真はすべて、著者が監督したドキュメンタリー映画から転載したものです。

目次

2

カメラを切って

3

すべての行為は祈り

はじめに

小さなビデオカメラを買ったその日から家族を撮り始めた。照れながらも撮られることを楽しんだ母、三年間カメラから逃げ続けた父。そんな大阪で暮らす両親とは対照的に、ピョンヤン（平壌）で暮らす甥っ子たちや姪っ子は生まれてはじめて見るビデオカメラを不思議がり「音も入るの？」と逆にレンズからカメラの中を覗き込んだ。

あの時から二六年、私は東京とニューヨークで暮らしながら、大阪とピョンヤンに住む家族を撮り続けた。兄たちと生き別れになった喪失感を埋めるため、両親の生き様を理解するため、そして私がどこから来たのかを知るためであった。いつの間にか三本のドキュメンタリー映画と、一本の劇映画が誕生した。

このエッセイは、その家族ドキュメンタリー三部作の中に詰め込めなかった裏話を書いた。映画や本にできる話なんてたかが知れている。本当のノンフィクションは、誰にも言えない記憶や心情であろう。だからこそ、せめて、掬い上げた話くらいはちゃんと伝えたいと思う。日本と朝鮮半島の歴史と現状を全身に浴びながら生きてきた私の作品が、人々の中で語り合いが生まれる触媒になってほしい。そして私自身も触媒でありたい。生きている限り、伝え合うことを諦めたくないから。

家族の話を作るたび家族に会えなくなった。しかし「家族は消えない、終わらない、面倒でも会えなくても死んでも家族であり続ける」という実感が、私を新しい解放区へと導いている。

韓国ではじめて、書き下ろした文章を出す。

済州島にルーツを持ちながら日本で生まれ育った私の感性がどう受け止められるか、ドキドキワクワクしている。

二〇二二年一〇月

ヤン ヨンヒ

1 普通の人たち

猪飼野の女たち

かつては猪飼野（いかいの）と呼ばれた大阪市生野区。母はこの街で生まれ育った。在日コリアン社会の縮図のようなこの街は、住民の四分の一以上を韓国・朝鮮人が占めた。思想や国籍を問わず、この街で暮らす九割以上の在日は、半島の南、韓国出身である。日本社会の民族差別と貧困に喘ぐ彼らの生活は、祖国の分断によって混乱を極めた。北か、南か。誰もが政治的志向を問われた。政治と切り離せる日常など、なかった。

――『スープとイデオロギー』より

映画『スープとイデオロギー』（二〇二一年）に挿入されている六〇年代の猪飼野の様子をとらえた写真たちは、曺智鉉（チョジヒョン）写真集『猪飼野――追憶の1960年代』（新幹社、二〇〇三年）からの抜粋である。一九六四年に大阪市生野区鶴橋で生まれた私にとっての記憶は、物心ついた頃の六〇年代最後から七〇年代のもの。私にとってこの写真集に収められたイメージは、母が生まれ育った三〇〜四〇年代、父と結婚し兄たちを産み育てた五〇年代の猪飼野を想像するための道しるべとも言える。

『スープとイデオロギー』にも出てくる私が育った家は「猪飼野橋」という標識が今も残っている交差点の近くにある。日本人、通名（日本名）を使う韓国朝鮮人、本名を使う韓国朝鮮人の表札が当たり前のように並んでいた。路地を歩いていると大阪弁の日本語、韓国語訛りの大阪弁の日本語、慶尚道訛りの韓国語、済州島訛りの韓国語、それらすべてが混ざった〝在日コリア大阪弁〟が聞こえた。昭和四〇年代の下町の風情に済州島出身者の大らかさが混ざってか、冬を除いてはどの家も玄関の戸や窓を開けっぱなしだった。家の外に朝鮮将棋の駒と盤を出して遊ぶお爺ちゃんたちもいた。家の中からテレビの音が聞こえ、夕飯のおかずを料理する匂いが漂い、住む人がどんな番組を見て何を食べているかがよくわかった。銭湯では朝鮮学校に通う子供たちが湯船に浸かりながら朝鮮語で数を数え、学校で習った北朝鮮（朝鮮民主主義人民共和国）の歌をうたった。もちろん、韓国朝鮮人だということを隠しながら生きる人たちもいたし、韓国政府を支持する人たちもいたが、北朝鮮を信じ朝鮮総連を支持する人々が在日社会の七〇％を超えていたとも言われる時代であった。

南北に分断された半島。対立が激化する本国の状況は、在日社会にそのまま影を落とした。居酒屋や焼肉屋ではテーブルごとに韓国支持者と北朝鮮支持者が別々に座り、ふと耳に入ってくる会話の言葉尻を捉え口論が始まり殴り合いの喧嘩が起こることもあった。韓国を支持する居留民団（在日本大韓民国居留民団、現・在日本大韓民国民団）と北朝鮮を支持する朝鮮総連（在日本朝鮮人総聯合会）の対立も激しかった。キムチ屋さんと韓服専門店が並ぶ御幸通（みゆきどおり）商店街では、キムチを買う客が、味よりも、店主が自分と同じ政治的志向なのかどうかで店を選んだ。『スープとイデオロギー』に挿入された写真で見られるように、商店街に掲げられた横断幕も「死の申請〈永住権〉を取り消して、傀儡〈韓国籍〉を朝鮮に改めよう！」と、今ではコメディと思えるほど強烈な政治的内容だった。朝鮮半島は三八度線によって二つに分断されていたが、在日コリアン社会では、街の隅々にまで三八度線がクネクネと入り組んでいた。

我が家から徒歩一分圏内には銭湯、うどん屋、中華料理屋、餅屋、八百屋、ベーカリー、散髪屋、美容院、文房具屋、駄菓子屋、お好み焼き屋、喫茶店、電気屋、クリーニング屋などが揃っていて便利だった。徒歩一〇分圏内には鶴橋駅に隣接した卸売市場とキムチ屋さんが並ぶ朝鮮市場があり、お腹をすかせるのが難しいほど新鮮な食材に囲まれた地域だった。終戦直後の闇市が卸売市場に変貌した街。高級住宅街とは相反する上品とは言えない地域だったが、日本人と韓国朝鮮人が共存して生きてきた逞しい地域だ。この街で私は、堂々と本名を使い、母の手作りのチマチョゴリを普段着のように着て育った。街中でも「オモニ（お母さん）！　アボジ（お父さん）！　オッパ（お兄ちゃん）！」と大きな声で呼び、周囲の視線にもまったく引け目を感じない子供だった。母はよく幼い私に「朝鮮人のヨンヒを馬鹿にしたり虐める人がおってもな、それはその人がおかしいねんで。あんたは悪くないんやで。いつも堂々としてなさい」と言い聞かせた。「馬鹿にされへんように、礼儀正しく挨拶もちゃんとして、服もきれいに着なあかん。オモニが、白いブラウスや靴下は真っ白に洗って、ハンカチにもアイロンしっかりかけるのはそのためや。朝鮮人は汚い、なんて言わせたらアカン」と繰り返していた。

家の隣にはヤクルト屋さんがあり、毎日着物を着た日本人の年配の女性が店番をしていた。灰色の大きな業務用冷蔵庫の前に木の椅子を置いて座り、通り過ぎる人に挨拶をする彼女を皆が「ヤクルトのおばちゃん」と呼んでいた。私を見かけるたびに「ヨンヒちゃん！　お兄ちゃんの分も持っていき。お金は要らんからな」と、いつも冷たいヤクルトを四つくれた。「あんたのお母さんはいつもきれいやな」が口癖のおばさんだった。太っ腹で優しいおばさんがただでヤクルトをくれると信じていた私だったが、母がまとめてお金を払っていたことを後で知った。そのおばちゃんは兄たちが北朝鮮に「帰国」すると知った時「朝鮮行って、お国のためにがんばるんやな、偉いな」と涙声で言っていた。幼心にも、「お国のため」という言葉は、戦場に向かう大日本帝国軍の兵士に対して使われる単語だとテレビドラマなどで覚えていた私は少し驚いた。兄たちに対して変な言葉を使わないでほしいと幼心に思ったが、今となればヤクルトのおばちゃんは正しかったのかもしれない。

私が「猫のおばちゃん」と呼び、私の父が「ヌニム（お姉さん）」と呼んでいた女性がいた。長身で肩幅も広くよく太っていた猫のおばちゃんは、手作りのキムチを詰めた数種類の大きなホーローの鍋と、ねぎ、玉ねぎ、青唐辛子、胡麻油、干したスケトウダラなどの乾き物をリヤカーにのせ、生野区中を毎日歩いた。いつも「キムチ要らんか〜」と猫っぽい声で挨拶をしながら玄関の戸を開けた。重いリヤカーを引きながら在日の常連客の家を一軒一軒回って売り歩く姿に、とても要らないとは言えないオモニは、「白菜か胡瓜のキムチ小さな袋でくださいな」と応えていた。冷蔵庫にキムチがたっぷりある日でも買っていたので、白菜と胡瓜のキムチはどんどん増えていった。「キムチありますって言うたらアカンの？」と私が母に聞くと、「アカン！」の一言で私の意見は却下された。母は知り合いの家にキムチを分けたりもしていた。猫のおばちゃんが引くリヤカーは本当に重そうだった。私が引いてみようと挑戦した時など、重すぎて一センチも動かず、それを見ていた猫のおばちゃんは豪快に笑った。「猫のおばちゃんはよう働きはる、ほんまに偉い人やで」と母は言っていた。「リヤカー引いてキムチ売って、子供ら大学まで出したんやで」が猫のおばちゃんの自慢だった。数十年後、『ディア・ピョンヤン』（二〇〇五年）を見た猫のおばちゃんは「ヨンヒ、おばちゃんの映画も作ってみるか。面白い話いっぱいあるで」と言いながら、自身の若い時の話をし始めた。済州島出身の猫のおばちゃんは、働かない夫のためにどれほど苦労したかを語りながら「済州島の男はアカン、口だけ達者や！」と言っていた。次はビデオカメラの前で話してみると約束した少し後、猫のおばちゃんは亡くなった。おばちゃんの家で飼われていた数匹の猫は、子供さんたちが引き取っていったと聞いた。「ヨンヒ、おばちゃんはな、あんたのオモニとアボジが大好きやねんで」が口癖だった猫のおばちゃん。Apple TV+で配信中のドラマ『パチンコ』（制作・脚本：スー・ヒュー、監督：コゴナダ、ジャスティン・チョン、二〇二二年。原作はミン・ジン・リーの同名小説）で、主人公ソンジャが猪飼野の街角でリヤカーにのせたキムチを売るシーンがある。ドラマを見ながら猫のおばちゃんを思い出し懐かしかった。

子供の頃の記憶の中の「かんざしハルモニ（お婆さん）」は、いつも韓服を着ていた。春夏は麻のチマチョゴリを、秋が深まった頃から冬は絹の韓服を着ていたのだが、かならずベージュやアイボリーのような白っぽい色で統一されていた。真ん中で分けた真っ白な髪をシニョン風に結い、大きなかんざしをさしていた。布で作った袋のようなバッグをいつも持っていて、後ろ姿を見ると、布バッグとかんざしが目立った。後ろで手を組み、胸を張り、大股で優雅に歩くかんざしハルモニは、「ヨンヒのお母さんいるか？」と済州島訛りの朝鮮語で言い、玄関の戸を開けた。かんざしハルモニが玄関先にちょこっと腰掛けると、母は「どうぞ部屋に上がってください」と言った。「ここがええ。変わったことないか？　お茶一杯もらおうかな」と言って母が出したお茶をすすると、私の顔を見て「あんたのお母さんは別嬪でがんばり屋さんや。コンソン（私の父の名前）は幸せ者や」と、やはり済州島の方言で言った。普段は大阪弁で話す母も、ハルモニたちと話す時は済州島の言葉で話した。お陰で済州島に行ったことのない私も済州島の言葉を聞き取れた。長居せずに立ち去るかんざしハルモニは、いつも帰り際に私を見て「小遣いやろか」と言った。そのたびに貰うべきか辞退すべきか悩む私は、母の後ろに隠れた。「ハルモニはな、仕事中ここで一服するのが楽しみなんや」と言っていた。「ほな、行くわ」とかんざしハルモニが玄関を出るとき、お香のような良い匂いがした。

時が過ぎ、かんざしハルモニが亡くなったと母から聞いた。私は母に「あのハルモニは本当にお洒落だったし、いつも堂々と歩いてはったね。仕事って言うてはったけど、何の仕事してたん？　小遣いやろか、って口癖やったな」と言った。母はクスッと笑って「かんざしハルモニは高利貸しやってはったんや」と言った。ぽかんと口を開けて驚いた私だったが、すべての合点がいった。「オモニ、借りたことあるの？」と聞くと、「あんな高い利子でお金借りるわけないやんか。遣り手で有名やってんで」と懐かしそうに言った。

私の記憶の中の猪飼野は、女性たちの姿とともにある。猪飼野のハルモニたち、オモニたち、嫁たち、娘たちは、済州島の、慶尚道の、大阪弁の言葉で喋った女たち。働き者で、豪快な彼女たちの笑顔の後ろにはどれほど過酷な歴史が隠されていたのだろう。今になって彼女たちともっと話しておけばと悔やまれる。彼女たちの物語をもっと掘り起こし伝えたいとも思う。

時が過ぎ、猪飼野という地名が地図から消えた。朝鮮市場はコリアタウンと呼ばれるようになり、韓流ドラマやK-POPファンの観光客が押し寄せる観光地となった。街並みもきれいになり、キムチ屋さんも世代が変わりビジネスとして急成長している。その一方、日本の右翼団体によるヘイトスピーチが鳴り響き、住民の神経を逆撫でしている現実もある。今の猪飼野を見て、猫のおばちゃんやかんざしハルモニは何と言うだろう。この地は変わったのだろうか、変わらないのだろうか。旧猪飼野の今の姿に、この地で出会った在日一世たちを思う。

アメリカ人、日本人、朝鮮人

父：彼氏だけつかまないから俺が腹が立つねん。
娘：どんな人がええのん？
父：どんなんでもええわ。お前が好きな奴は。
娘：ほんと？　アボジ、今のビデオで撮ったで。証拠やで。絶対？
父：そうさ！
娘：もう、どんな人でも何にも言うたらあかんで！
父：おー！
娘：よっしゃー！
父：アメリカ人と日本人だけは許さん！
娘：？　それ、どんな人でもええってなれへんやん。ほな、フランス人やったらええの？
父：いや、そりゃ別や。
娘：やっぱり注文あるんやんか。
父：一応は……とにかくは……朝鮮人ならいい！

——『ディア・ピョンヤン』より

私のデビュー作であるドキュメンタリー映画『ディア・ピョンヤン』の冒頭の一場面。この後も続く父と娘の漫才のような会話に、観客たちが爆笑する。韓国、日本だけではなく、カナダ、イタリア、エストニア、ドイツ、アメリカなど欧米のどの映画祭でも観客たちはこのシーンで大きく沸いた。興味深いのは、「アメリカ人はアカン!」と言う父のセリフに対し、もっとも腹を抱え膝を叩きながら笑ったのはアメリカの観客だったことだ。上映後には多くの観客たちが「うちの父も同じことを言う」と感想を伝えてくれた。肌の色も言葉も違う観客たちが私の父を見て「まるで自分の親を見ているようだ」と言うのだから驚いた。自身の親を思い出すと言いながら観客たちが語り合う様子は、移民一世の苦労を見て育った二世、三世の連帯感そのものだった。さまざまな理由で故国を去り、新しい土地で生活の基盤を築きながら生きる権利を勝ち取ってきた移民一世たちの姿を二世たちは知っている。植民地支配や戦争、内戦、独裁体制を経験した世代にとって、支配者だった、侵略者だった、敵だった、仇だった国の人間たちと縁組をするなど道徳的にも感情的にも受け入れられないことなのだろう。個々人の恋愛や結婚に国家間の問題を取り込むのはナンセンスだが、親や祖父母が生きた時代を考えると拒絶も仕方がない。「うちの親もああだったよ」と観客たちは語り合っていた。

「思想的に共感するのは難しいけれど、あなたのお父さんとはぜひ一度お酒を飲んでみたいものだ」と観客に言われることも多かった。父のキャラのお陰で『ディア・ピョンヤン』は人々に鮮烈な印象を与え、いつまでも忘れられないドキュメンタリー映画になったようだ。発表から一七年以上が経つ今も、『ディア・ピョンヤン』が大好きだと言ってくださるファンが世界中にいる。

映画の中の父は「結婚しろ！」としきりに言うが、正確には「再婚しろ！」が正しい。父も母も私に「再婚」という言葉を使ったことがない。最初の結婚での失敗をなかったことにするべく「結婚しろ！」と言い続けた。私がドキュメンタリー映画を作ろうと家族にカメラを向け始めたのは三〇歳を過ぎてからだが、実は二〇代前半に一度結婚している。一年数ヶ月という短い結婚生活は、九―五時で仕事を持ちながら帰宅後は夜中まで家事に追われていたという記憶しかない。結婚に対する夢も幻想も抱かなくなったという点で、初婚の失敗は有意義な経験だったと思っている。

大阪の朝鮮高校を卒業した私は、〝民族教育の最高学堂〟と朝鮮総連が誇る、東京にある朝鮮大学校に入学した。卒業後は演劇の道に進みたかったが、周囲の大人たちの執拗な説得に譲歩し、とりあえず母校である大阪朝鮮高級学校（現 大阪朝鮮中高級学校）の国語（朝鮮語）教員になった。先輩教員との交際が始まったばかりの頃、交通事故に遭い入院。「女とクリスマスケーキは二五を過ぎて売れ残ると価値がなくなる」という世間の常識に囚われていた両親は、私が病院のベッドに寝たきりだった数ヶ月のあいだに結納と結婚の準備を整えてしまった。退院して一週間後に結納、その後しばらくして式・披露宴という〝勢い結婚〟にまで至ってしまったのだ。実は退院直後、婚約を破談にしてほしいと母に頼んだことがあった。母は、全国の総連組織に招待状を送ったアボジの面子を潰すわけにはいかないと私の懇願を突っぱねた。何事にも夫の立場を重んじる母に小さな絶望を感じたが、私の結婚を喜ぶ周囲の人々を見ながら、人生とはこうして流れていくものかもしれないと自分に言い聞かせた。交通事故の後遺症で弱気だったのかもしれない。娘の結婚に前のめりになっている両親に式の準備を任せながら、私はリハビリに集中した。

　五〇〇人が集まった中国料理店での結婚式と披露宴は、朝鮮総連の大会のようだった。私は母に「式場に金日成（キムイルソン）主席と金正日（キムジョンイル）の肖像画を掲げるのだけはやめてほしい」と頼んだほどだ。冗談のつもりだったが、「掲げんでもええかな？　そうか。わかった」と真顔で答える母を見て背筋が凍った。冗談とはいえ念のため頼んでおいた自分を褒めた。

新婚生活は冷蔵庫で暮らすように冷え切っていた。愛のない結婚生活は時間の無駄だと判断し、私が離婚を切り出した。両家の親と仲人が集まった親族会議を経て、在日コリアン男性との結婚生活は一年と少しで終わった。結婚に際し相手から貰ったものはすべて返し、私の両親が持たせてくれたものは実家に持ち帰った。嫁入り道具の家具も実家に舞い戻ったが、マンションのサイズに合わせて買ったタンスは実家の小さな玄関からはとても入れられず、クレーンを使って三階のベランダから私の部屋へ運び入れることになった。真っ昼間、ご近所の方々が同情の眼差しで見守る中での派手な出戻りとなったわけだ。

実家に戻った私は解放感に包まれ、みるみる元気になった。両親の意見を尊重しての就職と結婚という「おつとめ」を終え、これからは自分のためだけに生きようと決心した。夫のため、家族のため、ましてや組織のため、祖国のため、主席様のためなどの言葉はすでに私の人生から消し去ったと意気込んでいた。結婚生活のストレスからの不眠症も解消され、心身ともに健康を取り戻していた。

離婚した一人娘を不憫に思っていた父は、毎夜の晩酌のたびに娘の不幸を嘆き泣いていた。

「俺の娘のどこに文句がある！　幸せにする言うて連れていったんちゃうんか」

独り言を言いながらテーブルを叩き、ゴクゴクと日本酒を飲み干しては大粒の涙をポロポロ落とした。この時ばかりは本当に申し訳なく、娘のために泣いてくれる親馬鹿な父がありがたかった。一方、父とは対照的に母はスーパーポジティブだった。「子供もおれへんし、未婚やと思いなさい。早よええ人探して、結婚もして、子供も産まなアカンし」とせっついた。「また結婚？　もう再婚の話？」と私が言うと、「何が再婚や！　アホらしい!!」と一蹴した。娘の将来について語る時、「再婚」という言葉を徹底的に拒否した母は、私が外出しているあいだに三階の部屋に入り、娘の結婚に関係するすべてのモノを消してくれた。「結婚式の写真とか全部燃やしたからな。終わったことは忘れなさい。周りの人にも遠慮せんと堂々としたらええ」と母は言った。受け入れたくない人生の断片をばっさり切り捨ててしまう母の才能に圧倒された。そして少し羨ましかった。いつも笑っている母のしたたかさの理由を垣間見たような気がした。

離婚後の私は羽が生えたように自由を満喫した。女は二五歳までが花盛りだなんてどこのバカが言ったのだろう。私の人生はこれからスタートするのだと実感した。自分で考え、選び、実行する生き方に挑戦するのだと胸がワクワクしていた。

父は、私の顔を見るたびに「結婚相手を連れてこい」と言った。一度、「誰かと一緒にいながら孤独を感じるくらいなら、孤独を覚悟し一人で生きたい」と父に言ったことがある。正直な私の言葉はますます父を心配させたようだ。日本に身内がいない娘は、親が死んだら本当に天涯孤独になってしまうと焦ったようだ。父はなおさら頻繁に「彼氏を連れてこい」と私に言った。「アボジとオモニは奇跡なの。長いあいだそんなに仲良く一緒に暮らせる人たちはそうそういないの！」と言ったが父は聞く耳を持たなかった。父は「好きあった者同士が暮らすのだからいつまでも仲が良くて当たり前だ」と言うのだ。私は反論も諦めた。

私は家族を持ちたくなかった。自分の家族からも解放されたいのに、この上他人と新しい家族を作るなんて狂気の沙汰だと思っていた。父の娘であること、兄たちの妹であること、女であること、在日コリアンであること、そのすべてから解放されたかった。家族にカメラを向けているのも、逃げずに向き合い、そして解放されたかったからである。映画一本作ったからといって何から解放されるかわからなかったが、いくつもの手枷足枷でがんじがらめになっている自分が自由になるためには、自分にまとわりついているモノの正体を知る必要があった。知ってこそ、それらを脱ぎ捨てられるような気がしていた。

「親しかでけへんで」

ピョンヤンにいる息子たちや孫たちに送る荷物を詰めるオモニ。『ディア・ピョンヤン』を見た観客にとって一番印象に残るシーンだと聞く。いくつもの大きなダンボール箱に息子たち家族のための衣類、食料品、孫たちのための学用品やサッカーボール、医薬品や栄養剤を詰める母の姿。笑顔で荷造りをする母の「親しかでけへんでー、親しか」というつぶやきは、名台詞として語り草になったほどだ。

一九七〇年代初めに一四歳（中学生）、一六歳（高校生）、一八歳（大学生）で北朝鮮に渡った兄たちはピョンヤンとウォンサン（元山）にある「総連幹部子女合宿所」で共同生活を送った。一九五九年から始まった「帰国事業*」で、約九万三千人の在日コリアン（九〇％以上が半島の南出身者とその子供たち）が日本から北朝鮮に渡ったのだが、親と離れて子供だけが海を渡ったケースも少なくなかった。特に朝鮮総連の専従活動家たちにとって、祖国に〝預ける〟子供たちが「総連幹部子女合宿所」で特別待遇を受けられるということは、子供たちを手放す決心をする上で最後の一押しになったことだろう。北朝鮮政府機関の検閲を経て日本にいる両親に送られてくる兄たちの手紙には、「栄光なる祖国と敬愛する金日成首領様の愛に包まれながら勉学に励んでいます」という抽象的な文章ばかりが書かれていた。兄たちの本音を聞く方法はなかった。

いつの日だったか私がピョンヤンを訪問した時、兄たちに「総連幹部子女合宿所って、他のピョンヤン市民に比べて優遇されてたの？」と訊いたことがあった。

「一日に卵一個は食えたかな。当時の北朝鮮にすれば破格の待遇やったけど、それでも俺らは朝から晩までお腹が空いて倒れそうで、勉強どころやなかった。一日中食べ物のことばっかり考えてたなぁ」

とコナ兄（次兄）は大阪弁で答えた。ネイティブ市民の食生活はもっと酷い状況だったが、北朝鮮生まれの人はもともとの体のつくりが違うから逞しく生きていたという。自分たち日本で生まれ育った帰国者たちは精神的にも体力的にも〝原住民〟についていけないと言っていた。

「ヨンヒやったら一ヶ月も持たんかったやろな」

本気とも冗談とも取れるような兄たちの笑いが響いた。笑えないコメディのように聞こえ、私は返す言葉がなかった。

兄たちが北朝鮮へ行く前の数年間（六〇年代後半〜七〇年代初期）、我が家の食生活はとても充実していた。ミシン仕事の内職でお金を貯めたオモニは、鶴橋の市場や商店街が近い便利な場所に南向きの古い家を買った。最寄りの鶴橋駅には、終戦後の闇市が変貌発展した卸売市場が直結していた。卸売市場には、魚屋、肉屋、鰻屋、鰹節屋、佃煮屋、かまぼこ屋、八百屋、果物屋、日本の餅屋、菓子屋、惣菜屋、鍋屋、食器屋、包丁専門店などの専門店が所狭しと並び、早朝から買い出しに来る料理人たちで溢れていた。市場で働く人や買い物客のための食堂や寿司屋も明け方から営業していて活気があった。卸売市場の横には朝鮮市場があり、キムチ屋、蒸し豚屋、ホルモンを扱う肉屋、済州島専門の魚屋、朝鮮の惣菜屋、朝鮮の餅屋、朝鮮式法事の道具屋、チマチョゴリ専門店まであった。周辺には、大阪名物のお好み焼き、たこ焼き、串揚げ、てっちり（ふぐ鍋）に至るまで、ヤクザや歌舞伎役者が常連客という有名店が並んでいた。日本社会で差別される在日コリアンが密集して暮らす貧しい街だったが、その一方、「鶴橋で暮らしながらお腹を空かせるのは至難の業」と言われるほど、新鮮な食材や食堂に囲まれていた。

「食べ物にケチケチしたらアカン」が口癖だった母は、幼い私を自転車の後ろに乗せ、鶴橋の卸売市場に通った。魚屋でピチピチ動くほど新鮮な海産物を買い、夫のために済州島式の魚介スープやフェ（刺身）を作った。育ち盛りの息子たちのためにはテールスープや焼き肉を用意し、誕生日にはステーキを焼いてくれた。

紳士服の下請けミシン仕事をやめて、大阪のビジネス街・肥後橋のビルにあるグリル・レストランの〝雇われマダム〟として働くことになった母は、おいしい洋食をお土産に持って帰ることが多かった。背の高いコック帽を被ったレストランのシェフたちが、余分に作ったハンバーグやビーフシチューをお土産に持たせてくれたのだ。夕方まで店で働き、四人の子供が待つ家に帰る母にとって、シェフたちの心遣いはありがたいものだった。学校から帰った兄たちは「肥後橋のお土産」をとても喜んだ。

「朝鮮人部落」と呼ばれる貧しい街の代名詞だった猪飼野で育ちながらも、兄たちと私は、本格的なデミグラスソースやハンバーグに親しんだ。家で洋食を食べる時は、フォークとナイフを使って食べたりしていた。そんな兄たちが北朝鮮の食生活に耐えられるはずがなかった。特に、「帰国」当時一四歳だった三兄のコンミンは辛い食べ物が苦手で、キムチを一切食べられなかった。

兄たちが「帰国」したあと、母は手紙を書くごとに「不便もあるだろうけど、なるべく現地の人たちと同じ生活をするように努力しなさい」と書いていた。寄宿舎生活を送る兄たちに小包を送る時は、衣類と医薬品、学用品だけを詰めていた。同じ合宿所で暮らす友人たちの親からの小包には、インスタントラーメンやお菓子など、食べ物がたくさん入っていて、兄たちはとても羨ましかったそうだ。母に手紙で食べ物を送ってほしいと頼んでも、「インスタントラーメンは体に良くない。親戚に仕送りをして、息子たちに差し入れをしてほしいと頼んでおいたから」と返事をした母だった。実際、母の頼みを聞いて、先に「帰国」していた叔母やいとこが差し入れをしてくれたこともあったという。それでもいつもお腹が空いていたと、兄たちは話していた。

母はいつも息子たちからの手紙を待っていた。ある日、父がまだ帰宅しない夕方に北朝鮮から手紙が届いた。居間の畳に座ったオモニが嬉しそうに封を開けると、白黒の写真が入っていた。それまでの兄たちからの手紙に写真が入っていたことはなかったので、母も私も少し驚いた。写真は暗くぼやけていた。

「白黒の写真や!」

と私は叫んだ。カラー写真に見慣れていたので珍しかった。写真を手に取り見つめていた母は、小さな悲鳴を押し殺すような声を出し、誰にも見せたくないと言わんばかりに膝の上で裏返した。母は信じられないというような表情で私を見つめ、ふたたび写真に目を落とした。嗚咽を抑え込むように、母は片方の手で自分の口を塞いだ。もう一つの手の中の写真を私は覗き込んだ。

「これ誰？　オッパ？」

とても痩せ細った、少年の写真だった。

母は何も答えず、その場で写真を破ってしまった。

「アボジに言うたらあかんで」

母は引き裂かれた写真を両手で握りしめたまま、声を殺して泣いていた。少年は三兄のコンミンだった。

兄の手紙には「祖国の懐に抱かれ、金日成元帥様の慈しみの中で元気です、勉強に励んでいます」というお決まりの文句が、薄茶色の藁半紙のような便箋に書かれていた。

その後、母は息子たちに送る小包に食べ物を詰めるようになった。真空パックの餅、桃やパイナップルの缶詰、チョコレート、インスタントラーメンなどを国際郵便（航空便）の重量

限度ギリギリまで入れて送った。米や小豆を小包に入れて、「これを親戚の家に持っていって、おにぎりや餡子餅を作ってもらいなさい」と手紙を添えた。日本から届いたダンボール箱に「サッポロ一番」があるのを見つけた時、兄たちは歓声を上げ、抱き合って喜んだという。当時日本で発売されたばかりのカップラーメンを食べた時は心から感動し、なくなった時は泣きそうに悲しかったと言っていた。合宿所の若い帰国者たちは、親から送られてくる食べ物を分け合いながら空腹をしのいでいたそうだ。母は、自分と同じように北朝鮮に子供を行かせた母親たちと情報を共有し、つねに次の小包の中身のリストを作っていた。

八〇年代に入り、北朝鮮を訪問する道が開かれた。「帰国事業」のように片道切符だけで北に渡った時代が終わったのだ。朝鮮総連とその傘下団体及び朝鮮学校の学生代表団、日本の政治家たち、北朝鮮と貿易や技術指導で関係を持つ日本企業、在日コリアンの企業、親善交流目的の芸術団などの団体訪問が頻繁にあった。朝鮮総連と傘下団体は、思想教育のための長期講習会を盛んに行った。短い講習会で二週間、長い講習会は三ヶ月間も北朝鮮に滞在し特別な待遇の中で思想教育を受けるのだ。

母も総連傘下の女性同盟代表団の一員として北朝鮮を訪問するようになった。息子たちに会いたい一心で、長期講習会にも積極的に参加した。しかし、代表団訪問や講習会の場合、親子とはいえホテルでの短い面会だけが許され、兄たちの生活をじっくり見ることは難しかった。

やがて母は、北朝鮮に「帰国」した家族や親戚に会うための家族訪問団に申請するようになった。家族訪問団は、北朝鮮での滞在のほとんどを、家族が暮らすアパートで過ごすことができた。地方都市で暮らす家族に会いに行くのも可能だった。母は、息子たちが暮らすピョンヤンと、両親、弟、妹が暮らすシニジュ（新義州）やウォンサンでもアパートに滞在しながら、北朝鮮の現実を知るようになっていった。

通常、日本からの訪問者が買い物をしたい時は、外貨デパートに案内される。海外からの訪問客や、外貨を持っている北朝鮮の人だけが買い物できる〝百貨店〟だ。

そこでは日本円を兌換（だかん）ウォン（外貨兌換券、通称パックムトン）に替え、電化製品、家具、衣類、日用品、化粧品、酒類、食品など、北朝鮮の一般市民の年収でも買えない外国製品を買えた。日本では古くて売れなくなった品物が並んでいて、外貨だけで買えるというわけだ。

北朝鮮ウォンで買い物ができるとされる表通りのデパートや商店は、バスで通り過ぎる観光客に見せるための飾りに過ぎず、中に入っても買い物ができない。陳列してある品を「買いたい」と言うと、店員から「売れません」と言われる。在庫が一切ないと言うのだ。二〇〇〇年代初めまで、ピョンヤン市の中心街でもそうだった。

母は、現地での本当の生活を知るために闇市場に通った。国外の人間は絶対に立入禁止と言われた闇市場だ。母が行ったことが発覚すると、連れていった兄たちも問題になると知りつつ、それでも母は行く必要があった。なぜなら、北朝鮮の「本当の物価」について知る必要があったからだ。訪問団に随行する案内人に給与や物価について聞いてもはぐらかされるし、兄たちの説明を聞いてもまったく理解できず混乱した。母は、息子たちが栄養失調にならないためには、現地の北朝鮮ウォンと外貨(兌換ウォン)をどのように使い分けるかを知りたかったのだ。

母は、日本からの訪問者だとばれないように、親戚の服や靴を借りて変装し、兄たちとピョンヤンの闇市を見て回った。表通りにある〝キレイ〟な国営デパートや商店には、買える品物がほとんどないのに、一見汚い闇市場には空腹を満たせるすべてがあった。新鮮な卵、肉、魚、打ちたての麵、蒸したての餅、調味料、乾物、それに何よりも米。それらを見て、「北朝鮮にも食べ物はあるんだ」と安心したのも束の間、値段を聞いてめまいがするほど驚いた。一般市民たちの給与では絶対に購買不可能な値段。卵一〇個が、食パン一斤が、白米五キロが、国家公務員である市民の給料一ヶ月分に相当した。母は頭の中で電卓を叩きながら市場を回った。舗装されていない裏通りにある闇市から戻ると、靴が泥だらけだった。

真面目に働いても給与で生活するのは絶対に不可能だとわかった。国から与えられる少ない食料配給で空腹を満たせるはずもない。北朝鮮の人々はあらゆる手を尽くしてお金を作り、物々交換をし、身内を頼り、コネを使い生き延びていた。窃盗や詐欺も横行する中、北朝鮮国内に身内もコネもない帰国者は、日本にいる家族に頼るしか方法がなかった。家族全員で「帰国」し、日本との繋がりが切れてしまった帰国者は本当に辛い境遇にいると母は聞かされた。

息子たちを北に送ったことを悔いている暇はなかった。母は、息子たちが栄養失調にならず勉強に集中できるよう、卒業後にも病気にならず仕事ができるよう、結婚し家庭を築き家族皆が笑顔でご飯を食べられるよう、息子たちを守っていくためだけに生きようと心に誓った。孫たちが生まれると、母の決心は信念となり執念となった。取り憑かれたように荷造りをしては送り、訪朝しては荷物を運ぶ母の姿にアボジさえも呆れるほどだった。

仕送りの段ボール箱には、たくさんの食料品を入れた。うどんや素麺などの乾麺、胡麻油、砂糖、餅、米、ラーメンなどを入れると、航空便の送料はとても高くなった。

そして衣類。家族皆の正装、普段着、部屋着、運動着、パジャマ、肌着、靴下、防寒服、防寒靴など、季節に合わせて着て履くものをすべて送り、つねに補充した。家のカーテンやスリッパ、キッチンに並ぶ鍋や食器など日用品も送った。ランドセル、カバン、鉛筆、鉛筆削り、消しゴム、ボールペン、ノート、辞書など、孫たちの学校生活に必要なものをすべて送った。トイレにつける換気扇、自転車、サッカーボール、バスケットボール、バドミントンの道具など、あれば嬉しいと言われたものをすべて送った。さらには兄たちの各家庭に、朝鮮総連系の貿易会社が新潟に設けた専門店を通して、北朝鮮のアパートにフィットするように改良された風呂釜まで送ったのだった。母が送る荷物の梱包の丁寧さと中身の充実は、北朝鮮の検閲官たちの中でも有名だったそうだ。兄たちの荷物を開けたある検閲官は「私にも一箱送ってくれないか」と漏らしたほどだという。

ドキュメンタリー映画『ディア・ピョンヤン』には、航空便の重量限度をオーバーしないように、家にある秤で鉛筆の重さを量るほどの細やかな荷造りをするオモニの姿がある。数十グラムでも余裕があれば小さなお菓子の一つでも足しながら、つねに規定ギリギリの重さに仕上げ郵便局まで運んでいた。

息子や孫たちだけではなく、ピョンヤンと地方に暮らす親戚たちにも母は仕送りを続けた。郵便局を通しての国際送金と航空便、自身が訪朝する時に直接運んでいった仕送りは、四五年間続いた。

荷造りをする母は、いつも笑っていた。愚痴るどころか、嘆くどころか、幸せそうだった。息子たち、嫁たち、成長とともに変わる孫たちの服と靴のサイズをすべて覚えていた母は、メモも見ずに完璧に品を揃えた。

「喧嘩にならんように、それぞれの袋に名前を書いてあげた方がええねん。貰った人も自分の名前があったら嬉しいやろ」

と言いながらマジックで孫たちや嫁たちの名前を書いていた。

私は、荷造りする母を見るのが嫌だった。取り憑かれたように仕送りする母を見るといらいらした。他人には「息子や孫たちは祖国のお陰で元気です」と自慢する、母のダブルスタンダードにうんざりし、反発さえ感じていた。

こんな生活をいつまで続けるのか、兄たち家族はいつ自立するのか、送ってもらうことに慣れすぎているのではないかと心配になった。そして母が老いた時、北にいる家族は私に仕送りをもとめるのではないかと怖かった。実際、お金を乞う手紙を私に送ってきた親戚も少なくない。そんな時オモニは、

「こんなんするのはオモニまででええ。親やからできるんや」

と言って笑っていた。

今になって、荷造りをしていた時の母の笑顔を少し理解できるような気がする。母には、日本から届いた箱や袋を開けて喜ぶ息子や孫たちの顔が見えていたのだ。それだけを見て生きてきたのだろう。毎日、会えない家族の笑顔だけを思い浮かべながら、その顔が曇らないように、と次の仕送りに詰める品々を考えていたのだろう。家族の笑顔を想像しながら、家族に会えない寂しさを埋めていたのだと思う。

四五年間。母は「親しかでけへんで」を何度つぶやいたことだろう。

＊帰国事業

一九五九年一二月から二十数年間にわたって続いた北朝鮮への集団移住であり、日本と北朝鮮政府と両国の赤十字によって推進された。朝鮮総連だけではなく、日本のメディアさえも「地上の楽園への民族の大移動」と称賛した。日本社会で差別と貧困に苦しんでいた約九万三千人の在日コリアンが、新潟港からの船で未知の国＝北朝鮮に渡った。そのほとんどは〝南〟（韓国）出身者であり、いわゆる「日本人妻」やその子どもたちなど約六千人以上の日本国籍保持者も含まれた。当時、韓国政府は在日コリアンに対して事実上の棄民政策を採っており、経済的にも貧しかった。一方、旧ソ連の後押しもあって経済復興を果たした北朝鮮に人々は希望を託した。日本と北朝鮮の間にはまだ国交が樹立されていないことや、北朝鮮住民の海外渡航の制限もあり、「帰国者」たちの日本への再入国はほとんど許されていない。ヤンヨンヒの兄三人は、帰国事業によって北朝鮮に渡った。

食卓を挟んで

『ディア・ピョンヤン』を見た観客のほとんどは、私と父が昔からずーっと仲の良い父と娘だったという印象を持つらしい。まさか！　家族のドキュメンタリーを作ろうとする娘が、一〇年間を両親と向き合いながら、やっとこの関係が生まれたのだ。壊れた家族関係の再構築のため、ビデオカメラが見事に仲介役を果たしたと言えるだろう。

四人兄妹の末っ子として生まれた私だったが、三人の兄たちが「帰国事業」で北朝鮮に渡ってしまった後は一人っ子のように育った。私が七歳になる頃から、家で食卓を囲むのは両親と私の三人になった。呆れるほど仲の良い両親の会話を聞きながら母の手料理を囲む食卓は、居心地の良い場所だった。しかし、思春期を過ぎ、私の中にも自分なりの価値観が芽生え出すと、両親の会話に違和感を抱くようになった。相変わらずおしどり夫婦な両親の関係は羨ましくもあったが、絶対的に北朝鮮を支持する全体主義者の父と母の会話は聞くだけでも苦痛だった。組織に忠実な活動家だった両親が、盲信的で偏狭な大人に見え始めた。私は北朝鮮を祖国と教える朝鮮学校に通っていたが、学校の外で接する日本と欧米の文化を全身で浴びながら自我を形成していった。学校で強要される「忠誠心」という言葉にアレルギーがあった私は、恍惚としながら忠誠の歌をうたう両親との食事を避けるようになった。

「日本にアンタ一人しか残ってないんやから。せめて月に一回くらいは家に来て、アボジと一緒にご飯を食べなさい。政治の話はせんでもええから、黙ってご飯食べるだけでええから。同じ大阪で暮らしてるのに、なんでこんなにも娘の顔見るのが難しいんか、オモニもわけわからんわ。ああ見えてアボジは寂しいんやで。わかってあげなさい」

朝鮮総連大阪府本部の幹部だった父、父と同じ生き方を選んだ母とイデオロギー的に相容れず、二〇代後半から大阪市内のアパートで一人暮らしを始めた私に、母が提案した。三人の息子を北朝鮮に送ってしまった後、日本に一人残された娘まで疎遠になってしまったら家庭が崩壊してしまうというわけだ。

月に一度だけという約束で、私はしぶしぶ鶴橋にある実家に顔を出し、両親と夕飯を食べた。家庭の中の平和を保つための大事なイベントとあって、母は張り切ってご馳走を用意した。夏は活造りのような刺身のほか、済州島出身の父の大好物であるチャリフェ（スズメダイの刺身料理）を作った（鶴橋の韓国市場には、済州島のチョギ〔イシモチ〕や、チャリ〔スズメダイ〕を売る特別な魚屋がある）。メバルの煮付けは一人一尾ずつと張り込み、数種類のナムルもあった。冬にはあんこう鍋やふぐ鍋など、父と私が好きな鍋料理を用意してくれた。

「おいしいなー。これ、とらふぐやで。養殖ちゃうから。天然やから。雑炊までしっかり食べなさい。一人暮らしでちゃんと食べてるんかいな」

母は一人で喋りながら葬式のような雰囲気を救おうと努めた。父と私は話もせず笑いもせず黙々と食べていた。お酒を飲む父の食事はいつも長いので、鍋料理の時は特に困った。重苦しい空気に耐えられない私は、途中で自分の部屋に逃げ込み〝休憩〟に入り、〆の雑炊タイムになると母が部屋まで呼びにきた。黙々と食事が終わる日はまだ平和だった。ほとんどの場合、結局は父と口論になり、母が仲裁に入り、私がふてくされて家を出る、という繰り返しだった。

例えば、テレビのニュース番組が北朝鮮の軍事パレードとマスゲームの様子を伝えている時などは、

「ほら見てみ。大勢の人の動きが揃ってて立派やろ。あれは我が祖国しかできへん。大したもんや！」

とアボジ。

「あのマスゲームに参加してる人たちは、家に帰って温かいお湯でシャワーできたりするん

かいな。マスゲームの練習期間、駆り出される学生の親たちはご飯の炊き出しに動員されて大変やって、ピョンヤンの兄嫁が言うてたやん。それにあのパレードは何？　金日成主席の時代は核兵器に反対してたのに、最近は軍事行動で外交するようになって。息子の時代になって下品になったもんや。ヤクザみたい」

　と私。

　父の手前、金日成を呼び捨てにせず、「主席」とつけて気を遣った私は褒めてもらいたい心境だがとんでもない。お酒が入った父の怒りは「可愛さ余って憎さ百倍」といったところか。

「お前に祖国の何がわかる！　生意気言いよって！」

　父の説教が始まる。私は拒絶を主張するように食卓の椅子を下げ、勢いをつけて立ち上がった。ドンドンと足音を響かせて階段をのぼり、二階の廊下を通って三階の自分の部屋に籠もった。絶対的父権による圧政に屈せず、家庭内での「言論の自由」を守るための私なりの最大限の抗いだ。

「そんなに北朝鮮がいい国なら、自分が行けばいいやん。日本で暮らしながら北朝鮮の体制を支持するって、楽そうでええな。ズルいんちゃうの？」

　と言いたいのを我慢し、足音だけの抗議行動に留まっている〝親孝行〟な自分が情けない。

三階にある自分の部屋に逃げ込むと、

「お兄ちゃんたちを返してほしい」

と言葉にできない一行の文が脳裏をかすめ涙がこぼれた。

「息子たちを返してほしい」

と何度も心の中で叫んだかもしれない両親の悔しさを思うと、どこにぶつけていいのかわからない怒りがこみ上げる。同時に、「帰国事業」の旗振り役だった私の両親の説得で北朝鮮に渡った人たちを考えると、両親を糾弾したくもなる。息子たちや孫たちが人質のようになってしまった両親を結果論で責めようとする自分が幼稚にも思える。言葉にできず飲み込んできた思いがグルグル頭の中をめぐり、実家に来るたびに、両親と同じ空間にいるだけで果てしなく消耗した。兄たちとの思い出が詰まった家というには、兄たちと一緒に過ごした時間が短すぎた。短すぎるゆえ、何気ない瞬間が胸に刺さるほど大事な思い出となった。総連コミュニティーでは、「栄光の帰国」を果たした兄たちは褒め称えられ、残った家族は心の中の喪失感を「名誉」で埋めることを強いられた。子供なりにも「兄たちが幸せになれるのなら」と寂しさを耐える理由を探した。周りの大人たちは「民族差別がはびこる日本で苦労するより、差別のない祖国で苦労した方が報われる。三年、五年待てば祖国統一が実現し、南北、日朝も行き来が自由になるはず」と夢物語を語った。あの時代に語られた言葉は確かに夢物語だったが、在日コリアンを取り巻く日本での状況が過酷だったと言えよう。

兄たちと生き別れになった私にとって、実家は苦悩が詰まった場所であり、過呼吸になるほどの思考を迫られる空間だった。

実家の一階は居間、台所、風呂場があり、いわば両親との共有スペースだ。母は居間と台所の壁のあちこちに、大きく伸ばして額装した息子たちや孫たちの写真を飾っていた。

二階には両親の寝室と物置部屋があった。両親の寝室には、金日成と金正日の肖像画が部屋の真ん中に掲げられていた。「寝室に肖像画?」と疑問に思ったが、母曰く「南向きの我が家で一番日当たりがいい部屋だから」という理由だそうだ。肖像画の左側には、金日成と一人の総連代表団員が収まった記念写真があった。アボジが、金日成の真後ろという至近距離に立っているこの写真は、我が家の家宝のように言われていた。肖像画の右側には、両親の北朝鮮訪問時の団体記念写真が額装され並んでいる。総連代表団の記念写真には、金日成や金正日を中央に、二〇〇人の代表団員たちが並んでいて、その中に両親の顔もあった。

二階の物置部屋には、母が北朝鮮へ送るために買い溜めてあった救援物資が、ダンボールに入れられるのを待っているかのように積み上げてあった。大人の肌着類と衣類、子供の肌着類と衣類、学用品、薬品、日用品、鍋類、食器セットなど、母が買い溜めたものから結婚式の引出物として貰ったものまできれいに並べ積み上げてあった。本棚には金日成著作集や北朝鮮の革命文学シリーズが並んでいた。誰も読まない必読書でいくつもの本棚が埋まっていた。かいつまんで言うと、一階はピョンヤンで暮らす家族の写真だらけで、二階は金日成の写真と書籍だらけ、といった様相だ。家全体が呪われているように感じられ窒息しそうだった。なんでこんな家で生まれたのだろうか、と自分の運命を嘆いた。

三階にある自分の部屋だけが深呼吸ができる場所だった。私の部屋には学校の教科書以外は北朝鮮関連のモノはなかった。兄たちの写真も、北朝鮮でもらったお土産もいっさい飾らなかった。壁にはニューヨークの地下鉄の路線図が貼られ、本棚は外国文学、日本文学、韓国文学、雑誌、演劇、映画関連の書籍で埋まっていた。音楽はジャズ、クラシック、シャンソン、映画音楽、ポップスなど洋楽がほとんどで、日本と韓国のポップスもあった。

一階から二階へ上がると言葉にできない威圧感があった。三階にある自分の部屋にたどり着くと、まるで共産圏の監視体制をくぐり抜けて資本主義国にたどり着いたような気分だった。私は二階の廊下から三階に繋がる階段を「ベルリンの壁」と呼び、二階を東ベルリン、三階を西ベルリンと呼んでいた。我が家に遊びに来る友人たちまでその命名に賛同した。その時は誰もベルリンへなど行ったことはなかったのだけれど。

しばらくするとお茶と果物をのせたお盆を持ってオモニが私の部屋に入ってきた。

「もうちょっと愛想良くでけへんの？　日本に一人だけ残った娘がツンツンしてたら、アボジが寂しいやんか。自分の部屋もあるのにアパート借りたりして。家賃もったいないし。そろそろ家に戻ったらどうやの？」

と母。聞く耳を持たず、お茶をすすって果物を平らげたあと家を出るのが毎度のパターン。鶴橋駅まで歩き、地下鉄に乗り、自分のワンルームマンションに戻った。

当時、演劇に夢中だった私は、コーヒー店のウェイトレスをしながら生活費を稼いでいた。小さな法律事務所や建築事務所が並ぶオフィス街にあった店で、朝七時から夕方六時まで、ジーンズにスニーカーを履き「ヨンちゃん」と呼ばれながらコーヒーを運んだ。午前中はモーニングサービスで忙しく、午後は周辺の会社や事務所へコーヒーとサンドイッチ、スパゲッティやカレーライスの出前をした。給与は高くなかったが、三食賄いが出るので食費をセーブできた。ユニフォームもなく、自由な服装で働けるので選んだ店だった。カウンターの中で調理を担当していた店長は、いつも耳に赤ペンを引っ掛けて競馬新聞を読んでいる女性だった。「ヨンちゃん、男の相談はいつでも聞いたるで」と口癖のように言っていた。この人に実家に掲げられた肖像画についての悩みを打ち明けたらどう答えるだろうと想像してはみたが、相談したことはなかった。政治の話をしない気さくな店長といる時間は楽だった。店長が競馬新聞を読んでいる時、私は小説を読んでいた。

夜は芝居の稽古と資金集めで忙しかった。在日コリアンが中心となった劇団を旗揚げしたばかりで、座付き作家が書いたオリジナルの作品を日本語と朝鮮語で上演していた。公演が近づくと制作担当として広告集めやチケット販売に走り回り、役者として舞台に立つこともあった。劇団がメディアにも紹介され始め、公演のたびに動員数も増え人脈も広がっていた。九〇年代初頭、バブル経済の余韻の中で景気良く暮らす友人たちとは対照的な貧乏生活だったが、誰からも束縛されず「今、自分は何をしたいか」だけを考える毎日は充実していた。

母との約束通り、月に一度実家に夕飯を食べに行った。そして、そのたびに父と口論になった。

「大学を出て朝鮮高校の教員までした人間が、コーヒーを運ぶしか仕事がないのか！　演劇？

河原乞食みたいなことしよって。情けない！　芸術家になりたかったら祖国（北朝鮮）に帰国しろ！　日本で朝鮮人が芸術なんかできるわけがない。ラジオやテレビに出れるんか？　夢みたいなこと言うて。うちの娘は狂ってる！　早く同胞と結婚して、子供産んで落ち着きなさい！」

アボジに負けないくらいの大声が出そうになるが、ぐっと堪えた。無理矢理腹の底に押し込めた言葉が頭の中をグルグルまわり、毒々しい言葉が口から出そうになる。

「帰国？　あの国に？　息子たち三人行かせて、長男は精神まで病んだのにまだ懲りないの？　朝鮮人であろうが何人であろうが、日本で芸術できるかどうかなんて、試してみんとわからんやん！　離婚して出戻った娘にまた結婚しろだなんて。学習能力なさすぎるんとちゃうの？　教訓っつうのを得なさいよ。朝鮮人と結婚してもうまくいけへんかったやんか！」

と、大声でアボジに言い返せたらどれほどすっきりするだろう。民族教育で叩き込まれた儒教の教えを守ってしまう優等生的な自分が疎ましかった。親や年上に反論するのはご法度という暗黙のルールの中で育ったことが恨めしかった。

三〇歳を境目にラジオのパーソナリティーとして働き始め、ビデオカメラを持って取材しニュース番組を作るようになった。演劇というフィクションから、報道やドキュメンタリー番組というノンフィクションに移行したのだ。そして皮膚のようにまとわりついた「在日」「祖国」「組織」「家族」についてビデオカメラを通して凝視し始めたことが映像表現の道に繋がった。

家族と向き合う。この、ささやかながらも壮大な課題に取り組むためには、娘という役回りだけでは難しすぎたのだろう。ビデオカメラという仕掛けの力を借り、観察者、インタビュアー、監督という魂胆を秘めた役回りを自分に課すことによってやっと踏み出せたのかもしれない。家族を撮るとは結局、自分が何から生まれたのかを掘り下げる行為だ。痛みも伴う娘の行為に対し、一度も「やめろ」と言わずカメラを受け入れてくれたことがどれほど覚悟のいることか。『ディア・ピョンヤン』の撮影中はまだ無自覚だったかもしれない。

最後の家族旅行

一九七一年。兄たちが北朝鮮に「帰国」すると聞かされた。兄たちが出発する少し前、家族旅行に出かけ、海の見える温泉旅館に泊まった。これが最初で最後の家族旅行になった。

——『ディア・ピョンヤン』より

日曜日には家族で行楽、というのはテレビドラマの中だけの話だった。活動家の父と、父を支えるため商売をする母は忙しく、家族旅行どころか遊園地にも行ったことがなかった。日曜日には朝鮮総連の大会や集会などがあり、家族の団欒より地域での同胞の集いが優先された。

母が「海に行こう」と言った。美容院で聞いてきたのか、テレビの情報番組を見たのか、とにかく和歌山県の那智勝浦に行ってみたいと突然言った。兄たちは海が見られると喜び、父は海産物を食べられると喜んだ。母は旅先で家族写真を撮るのが楽しみだと新しいカメラを買いそうな勢いだった。海水浴シーズンは終わっていたが、母は兄たちと私の水着を旅行カバンに詰めた。

この時、次男のコナ兄と三男のコンミン兄はすでに北朝鮮へ「帰国」する意思を両親に伝えていた。二人が通っていた朝鮮高校と朝鮮中学校では、「帰国」の決心をした兄たちを褒め称えた。差別のない祖国では輝かしい未来が待っていると教えた。兄たちは一六歳と一四歳、高校生と中学生だった。朝鮮大学校一年生だった長男のコノ兄は、弟たちの分まで両親を支えながら日本で生きていくつもりだった。

列車に揺られ和歌山県の勝浦に着いたあと、兄たちは旅館の部屋で水着を着ながらはしゃいでいた。

「次はいつ、皆で一緒に旅行できるんかな」

三人の息子たちを見ていた母がポツリと言った。母にくっついていた私は、また来ればいいだけのことなのに何でそんな言い方をするのだろう、と不思議だった。ふたたび海に来られないほど誰かが病気なのか?と思ったほどである。腑に落ちない母の言葉はいつまでも記憶に残った。

「海に行こう」と言った母だったのに。嬉しそうに旅館を予約し列車の切符を買っていたのに。せっかく海に来たのに。母はどこか寂しそうだった。水着を着たのはいいが泳げない私は、波と遊ぶ兄たちを砂浜から見ていた。海辺で家族六人の写真を撮った。兄たちが日本にいた時、写真館で撮った以外の家族写真はこれ一枚だけだ。

秋になり、家の近くの写真館で家族写真を撮った。

「行く前に家族六人で写真を撮っとかなアカンな」

と母が何度も言っていた。何のことかわからなかった。


私は今も泳げない。そして海が怖い。家族旅行の海を思い出すことも避けてきたし、兄たちを見送った新潟港の海も思い出さないようにしてきた。青い海は大切なものをのみこんで返してくれないような気がしていた。海を避けているうちに青色が苦手になった。つい数年前まで、私は青色の服やモノを身につけなかった。青は恐くて寂しい色だった。

「大きな写真機」を持って

北朝鮮訪問の玄関とも言えるウォンサン港。新潟からの船での訪朝はここから始まる。六〇年代に盛んだった、片道切符で北朝鮮へ移住する「帰国事業」では、新潟港とチョンジン（清津）港を帰国船が行き交った。八〇年代から日朝間の特別往来が始まった後、船の行き来は新潟―ウォンサンとなった。新潟を早朝に出ると翌日に到着する一泊の旅になり、新潟を遅い時間に出発すると二泊の旅になる。「帰国事業」で北朝鮮に渡った兄たちに会うための「家族訪問ツアー」に参加していた私の場合は、大阪から新潟まで飛行機で飛び、ツアー参加者が集まって同じホテルで一泊、新潟からの船の旅で一～二泊、北朝鮮到着後にウォンサンのホテルで一泊することもあったりするので、三～四泊の旅になる。日本からの直行便があれば三時間もかからない距離なのに、三～四日もかけてピョンヤンにやっと到着するという現実は、すっかり紋切り型になってしまった「近くて遠い国」という表現を思い浮かばせる。

新潟を出たマンギョンボン（万景峰）号がウォンサン港の沖に着いたのは夜明け前だった。軍事施設があるとの理由で、船からウォンサン港を撮影するのは禁じられているが、すでに五回も船で訪朝している私は、この景色の魅力を知っていた。軍事施設には興味もないし、家庭用Ｈｉ８ビデオカメラに映り込むとも思えないが、沖合から見渡せるウォンサンの風景は北朝鮮のさまざまな現実を象徴しているように見える。時間が止まったような、古臭いような、素朴なような、過激なような、ベールに包まれているような、取り繕っているような、隠しきれないような姿。夜明け前の暗闇の中でまだ景色は見えないが、それまでの訪朝のたびに眺めたあの景色が、朝焼けとともに浮かび上がるのを撮影すると思うと少しワクワクした。建物が増えているだろうか。あの古びたアパートは建て直しただろうか。数年ぶりに再会するウォンサンの景色の変化を期待しつつ、周囲に人がいないことを確認しながら小さなビデオカメラをセッティングした。

私は、近くに停泊している他の船の灯りと月あかりだけを頼りに甲板の一角に陣取り、花柄のタオルとジャケットで隠した小さなビデオカメラが揺れないようバランスをとった。ゆっくりと空が白み始め霧が晴れると、朝焼けの光を浴びたウォンサンの姿が浮かび上がってきた。甲板に船員たちの朝鮮語が飛び交うたびに緊張が走るが、ビデオカメラが揺れないように手元に集中しながら、テイク（撮影）を重ねるために頭の中で秒数を数えた。港に面して建っているアパートの屋上には「速度戦」「全撃戦」「殲滅戦」という過激なスローガンが掲げられている。はじめての訪朝から一〇年以上が経っているが、船から見るウォンサンの姿はまったく変化がなかった。時間が止まった、額の中の絵画を見るようでさえある。

ウォンサン港での税関検査は厳しい。通常、荷物検査といえば、薬物、銃器などを取り締まり関税申告すべきモノを見つけるのが目的だ。しかし北朝鮮では、海外からのすべての印刷物、書籍、音楽や映像のCD、VHSなどに異常に厳しい。すべて一旦は没収され、ピョンヤンの専門機関で検閲を受けて返されるというシステムだ。荷物の隙間を埋めるため新聞や雑誌の切れ端をくちゃくちゃに丸めた紙切れに至るまで、「外」の情報になり得るすべての〝媒体〟は没収される。

別送品以外、私のリュック、トランク、そしてカメラバッグを検査官が開け始めた。ビデオカメラを見て「大きな写真機ですね」と言うので私が驚いて固まってしまった。これは写真機ではなくビデオカメラです、と説明しようとすると、開封されていない新品のHi8テープの束を見ながら「音楽テープ、たくさんですね」と検査官が続けた。もしや？ああ、ビデオカメラを見たことがないのかも?と思い、余計な説明をしないことにした。「開封前の新しいテープはいくつでも持って入れるルールですよね」と私が言うと、「家族に音楽家がいるんですか?」と聞かれた。笑いを堪えて「はい。日本のテープは喜ばれます」と答えた。音楽用のカセットテープと、Hi8のビデオテープがほとんど同じ大きさで見た目もそっくりなのが功を奏した。日本にあるような家電量販店がピョンヤンにないことも十分わかっているので、テープもバッテリーも余分に準備した。慣れない手付きでビデオカメラを触っている検査官に「日本にいる両親のために孫の写真をたくさん撮りたくて、大きなカメラを持ってきました」と笑顔で言った。心臓が爆発しそうにバクバクしていたその時、人の良さそうな検査官が「行っていいですよ」と通してくれた。あまりにもほっとして足がぐらついたが、急いでトランクとカメラバッグを閉じ、税関前に停まっている観光バスに乗った。学生時代からの劇団活動で鍛えた演技力が意外な場面で役に立ったわけだ。

頭の中はすでに日本への帰国時の心配でいっぱいだった。二週間後、このウォンサン港で新潟に向かう船に乗り込む前に、ふたたび検査場で荷物を開けられるだろう。開封され、家族の日常が動画として記録されたたくさんのHｉ8テープをどうすれば無事に日本へ持って帰れるか。誰にも言わずに考えておくべき最重要課題であった。土壇場で慌てて取り返しのつかない結果になりかねない。「音楽テープだ」と言えば、「聞かせろ」となるだろう。持ち込んだのはビデオカメラとビデオテープであることも説明しなければならない。

高校生の時からの訪朝で、出国前の税関検査で手紙や写真フィルムを没収され、憔悴したり怒りをぶつけて墓穴を掘る人を何度も見てきた。彼らが犯したミスは何か。北朝鮮当局が没収しようとするのはどんな記録だろうかと考えた。そして何よりも大事なのは、私が日本に帰った後もこの国で暮らし続ける家族や親戚に迷惑がかからないような行動をとることだった。

ピョンヤンまでの高速道路を走るバスに揺られながら、何を撮るべきか、何を撮りたいか、何が映ると問題になるか、を必死に考えた。そしてかつて写真のフィルムを没収されていた人たちのような言動を慎むこと、と自分に言い聞かせる。特段難しいことではない。ホテルやレストランでこの国のシステムに対する批判を口にせず（盗聴、監視、通報がある）、案内人（監視管理監督人）との口論を避け、バッグにいつも外国製のタバコを一カートンほど入れておくこと。そして外貨（日本円）の現金を持っておくこと。なるべく笑顔を絶やさないようにした。文句は日本に帰ってから吐き出せばいい、と考えるたび、兄たちに少し申し訳なかった。

かつての学生訪問団や家族訪問団としての訪朝は家族に会うことだけが目的だったので、記念写真やスナップ写真を撮るだけで満足していた。それが今回（一九九五年）の訪朝からは動画を撮影したい、いつか撮り溜めた映像で家族のドキュメンタリーを作りたいという密かな目的があった。映画にできるかどうかはわからないが、とにかく、撮れるだけ撮る、が課題だった。そう思った途端、全身に電気が走りビデオカメラを構えた。考えている場合ではない。ビデオカメラが私の目なのだ、それに映るすべてを撮るのだ、と自分に言い聞かせた。

バスの車窓からウォンサン―ピョンヤン間の田園風景を撮影した。畑の土が悪いのが見て取れる。大きな石ころが目立ち、その土地を耕している牛（黄牛）も痩せていて大きな犬と見間違えたほどだ。畑仕事をする人々を見ながらふと気付いたのは、誰もバスに向かって手を振ったり笑ったりしていないことだった。

八〇年代に訪朝した時、農村の人々が仕事の手をとめて日本からの訪問団のバスに向かって手を振ってくれて驚いたのを思い出した。地べたにしゃがんで作業していた大人も子供も、わざわざ立ち上がって手を振ったり敬礼してくれた。バスに乗った訪問団の人たちは喜んで手を振り返していた。私は「手を振るのは彼らの意思？　訪問団のバスには手を振ることが義務化されている？　なら申し訳ない」と思うと複雑な気持ちになり、笑えなかった。

数年ぶりに車窓から見る農村の風景。畑や道路にいる人々が、偶然通り過ぎるだけのバスに気を遣わず手を振らないことに異議はないし、これが正常だ、とほっとしてもいた。しかし何かが違う。人々から笑顔が消えている。ピョンヤンに向かう、日本からの訪問団が乗っているであろう観光バスに向けられる現地の人々の視線は鋭く、ときおり敵意さえ感じることがあった。

「偉大なる指導者のもと、朝鮮は世界で唯一、正当な社会主義の道を突き進んでおり、我が人民には勝利が約束されています」というバスガイドのお約束の言葉にも「たとえ今は『苦難の行軍』に耐えねばならない時期だとしても」など今まで聞かなかった本音が含まれている。窓から見える景色、人々の表情と重なって教条的な言葉が痛々しく聞こえる。

ピョンヤン市に入っても道行く人々の表情を注視しようと心に誓った。


ピョンヤン市内に入ったバスはマンスデ（万寿台）の方角へ向かった。国会議事堂や革命博物館などを通りながら丘の上にある金日成の銅像に到着する。海外からピョンヤンを訪問した誰もが経験する通過儀礼だ。そしてこの巨大な銅像への献花参拝を済ませてやっとピョンヤン時計が動き始める。ピョンヤンを訪れる誰もがこの〝儀式〟を免れられない。銅像に頭を下げることを強要されるたびむっとするが、不必要なトラブルは避けたく、何よりも家族が待っているかもしれないホテルに早く向かいたいので黙ってお辞儀をした。

ふと、高校二年生の初訪朝の時を思い出した。まったく同じようにウォンサンからの高速道路を経てここへ運ばれ、皆がお辞儀した時、私はぼーっと銅像を見ていた。すると誰かが私の頭を押さえつけ無理やり下げさせた。数秒間、皆が頭を上げるまでのあいだ、その手はずーっと私の頭を押さえていた。頭を上げ皆が直立不動の姿勢を崩した時に後ろを振り向いたが、誰もいなかった。頭を押さえつけられるなんて、親にもされたことがなかったのに。不気味な、言い知れぬ屈辱感だった。

一七歳の時の思い出が教訓となり、ここに来ると、言われる前に頭を下げるようになった。像にお辞儀するなんてナンセンスの極みではないか。日本での暮らしの中で、生まれ育ったコミュニティーのこういう儀式の連続からやっと抜け出し生きているのに。一瞬で引き戻され首を絞められるようだ。NOと言えない、言わない自分が情けなくなる場所。

そして痛感する。ピョンヤンには来たものの、家族に会う以外は何も要らないと。私は偉大なる祖国を訪れたのではなく、家族が暮らす場所に、ただ家族に会いに来たのだと痛感するのだった。

「おばあちゃん、おじいちゃん、
ありがとうございます」

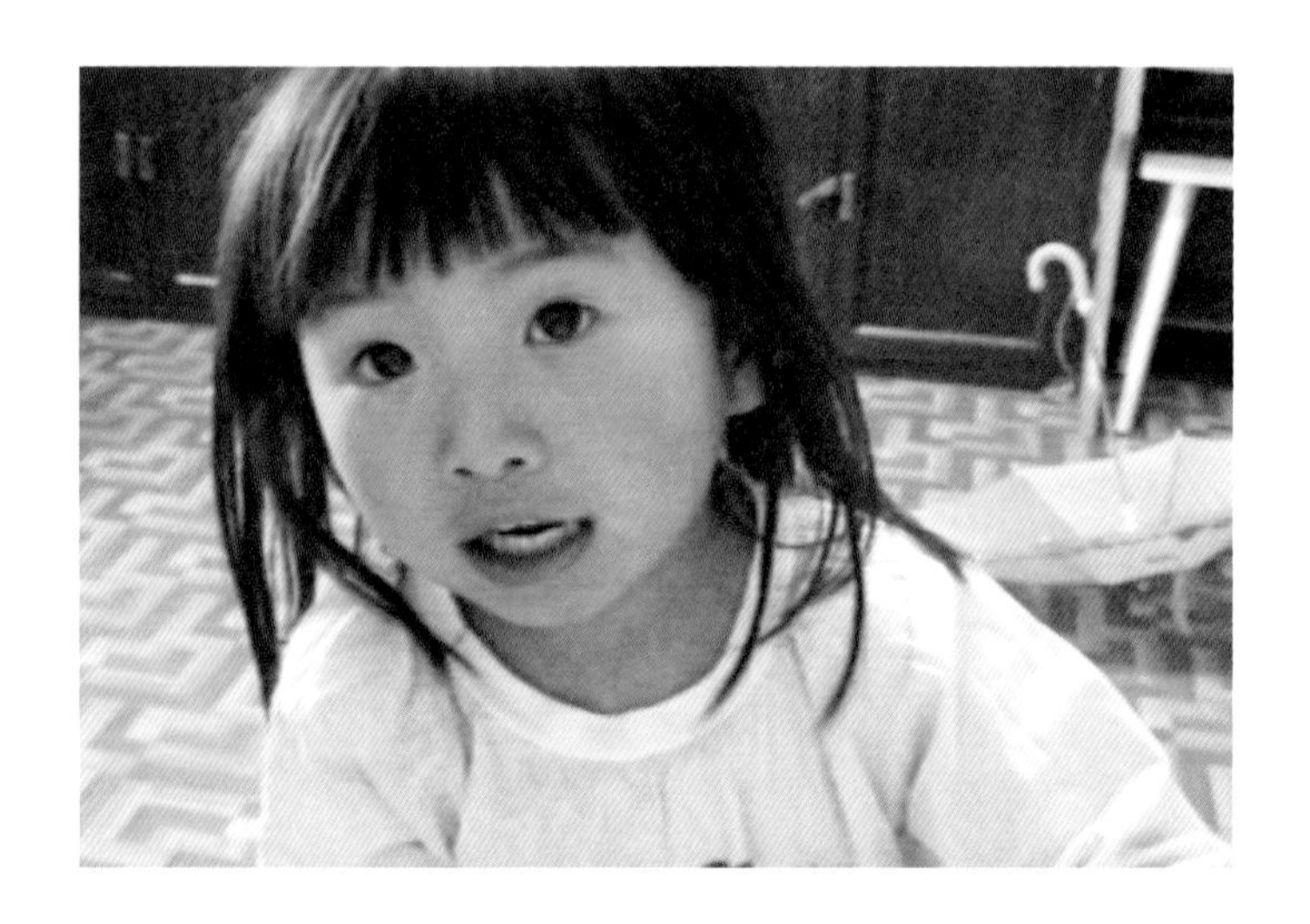

子供を含むすべての北朝鮮の人はローカルメディアのカメラの前でも、海外の取材者のインタビューでも「将軍様のお陰で幸せです、感謝しております、忠誠を誓います」と言う。『ディア・ピョンヤン』に出てくる、ピョンヤンで生まれ育ったヤン家の子供たちは「おばあちゃん、おじいちゃん、ありがとうございます。たくさん送ってくれてありがとうございます」と言う。

祖父母に対する子供たちの素朴な感謝の言葉だが、これを強烈な皮肉と捉えた人がどれほどいるだろうか。

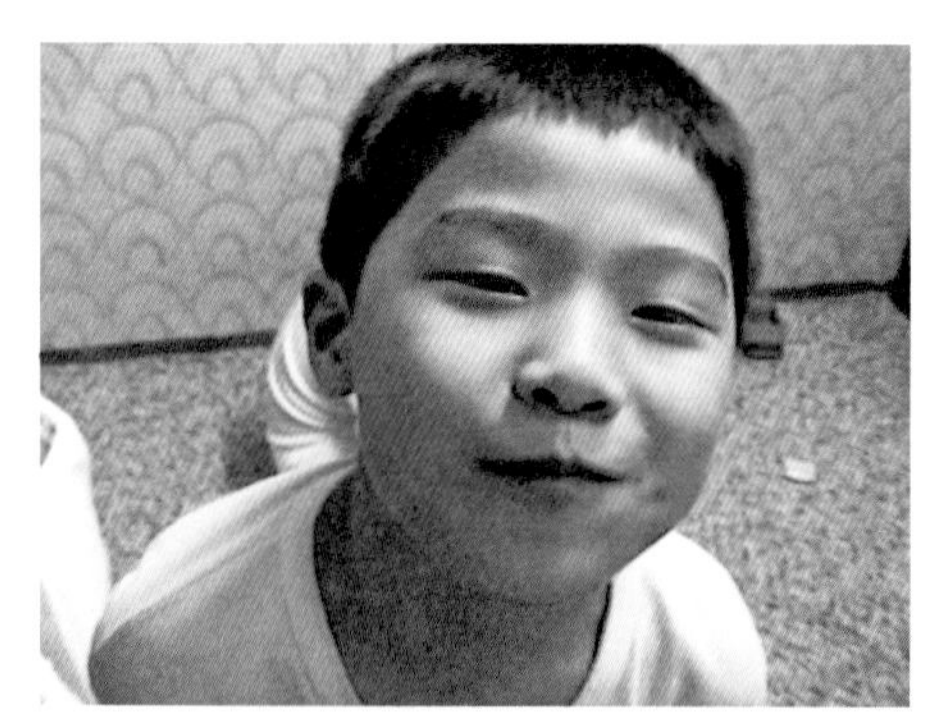

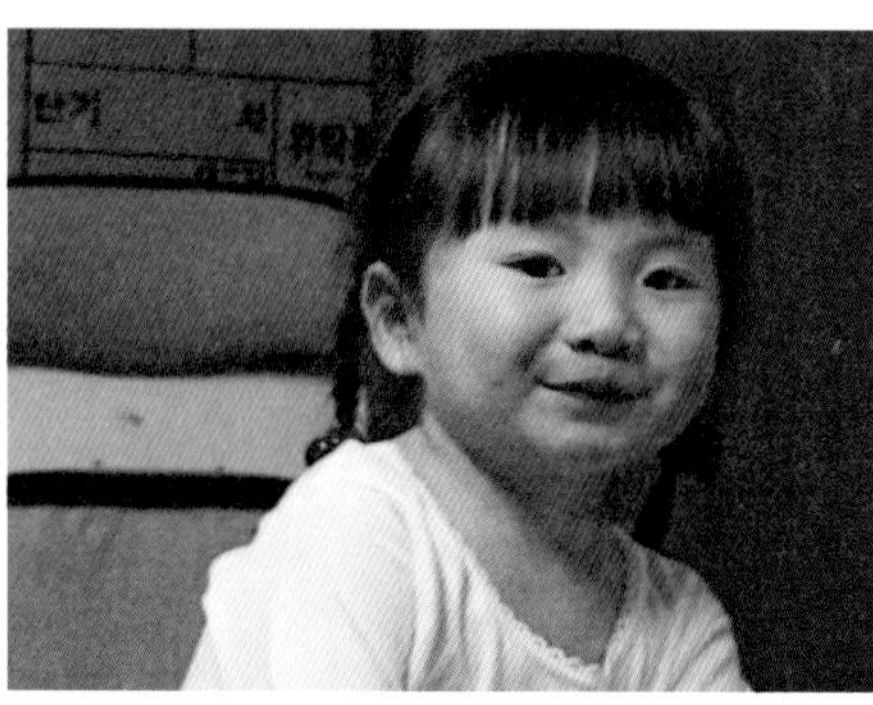

ニューヨークからピョンヤンへ

九・一一同時多発テロが起きた一ヶ月後の二〇〇一年一〇月。ピョンヤンにある高麗ホテルの部屋で、北朝鮮政府から授かった勲章を胸いっぱいにぶら下げて満面の笑みでポーズを取る両親の写真である。

二〇〇一年の秋。四年遅れになったが、アボジの古希（七〇歳の誕生日）を家族皆で祝おうと、両親と一緒に訪朝することになった。兄たちが北朝鮮に渡った七一年と七二年以降、両親と私はそれぞれがバラバラに訪朝していた。北朝鮮に渡った長兄が精神的に病むようになって以来、母は三〇年間毎年のようにピョンヤンを訪れた。父は総連代表団の一員として、私は朝鮮学校の学生訪問団や家族訪問団のツアーで、ピョンヤンに通っていた。ときおり、母と父、私と父、私と母のピョンヤンでの滞在が重なることもあったが、両親と私の三人が一緒に北朝鮮に行くのははじめてで、家族六人全員が集まるのは実に三〇年ぶりだった。「もう一度、皆で家族写真を撮りたい」が口癖だった母の願いがやっと叶うことになった。

日本と北朝鮮に別れて暮らす私の家族が集まれる場所はピョンヤン一択だ。北朝鮮で暮らす家族は国外に出られないどころか国内での移動も自由ではなかった。居住地以外を訪問する時は旅行証明書の発給が必要で、特にピョンヤンに入るための申請は厳しかった。北朝鮮にいる家族が国外に出られないのだから、日本にいる私たちが行く、しかない。

父はすでに七四歳になっていたので、「古希を祝う」というのも強引すぎる響きがあったが、両親には暗黙の目的があった。家族だけではなく、北朝鮮の地方都市で暮らす遠縁の親戚たちもピョンヤンに呼び、盛大なパーティーをするというのだ。古希の祝いは、地方都市で暮らす親戚たちがピョンヤンに行くための通行許可証を得るための〝公式〟理由だった。定年退職しすでに朝鮮総連大阪府本部の顧問となっていたアボジは、このパーティーの実現を「自分が元気なうちの最後の仕事だ」と言っていた。朝鮮戦争前に済州島から大阪に渡り、民族差別と貧困に耐えきれず「帰国事業」で北朝鮮に渡った友人たちも招待せねば、とリストを作っていた。

「元気なうちの最後の仕事や。皆を玉流館に呼んで記念写真を撮って、それを大きく引き伸ばして配るんや。ちゃんと額に入れて、お土産やお金もちょっとは渡さんとな。これが最後かも知れんしな」

アボジはいつも神妙な表情で言っていた。

「ピョンヤン見物もできるんやから、みんな喜ぶと思うよ。今まで溜めといた洋服、クリーニングして保存してあるから全部持っていかんとな。ヨンヒの昔の服もまだ残ってるし。生地がいいから長持ちすんねん」

オモニは数十世帯の親戚に、日用品をどう配るかで頭がいっぱいだった。

金日成と少人数での記念写真を撮った総連幹部のパーティーに参加するためにピョンヤンに呼ばれる、というのがそこまで名誉なことなのか。記念写真は栄光の証拠となり、何かあった時の保険にもなり得るという。私にはアホらしい話としか聞こえなかったが、両親はいたって真剣だった。自分の影響で「地上の楽園」を信じ決心した家族や親戚を、出身成分（出自や家庭環境をもとに三つの階層と約五〇のカテゴリーに分ける、事実上の身分制度）で差別される帰国者にしてしまったことに対する贖罪意識だろうか。計り知れない思いが交差していたのだろう。「そうしよな。それしかでけへんしな」という言葉を両親は何度も口にした。

父は「帰国事業」の旗振り役だった。北朝鮮を支持する総連と、韓国を支持する民団の対立が激化する中、同胞社会の中で激しい思想闘争を繰り広げた活動家だった。自分が行ったこともない、よく知りもしない北朝鮮という国を美化し、他人に移住を勧めるという無謀を、革命的任務と信じ遂行したのだ。自身の息子たちまで片道切符で北朝鮮に送った数年後から彼の国を訪問するようになり、その実情を誰よりも知ることになった両親だった。後悔という言葉を口にするのは自身が許さなかっただろう。そして許されないということも自覚したはずだ。息子や孫たちが〝人質〟になってしまった状況下、その体制に従って生きると腹をくくったのだろうか。けたたましく勲章をつけた両親の笑顔を見て「ピエロのようだ」と思いながら私も笑っていた。北を祖国として選び生きてきた人生を全否定する選択はもはやない両親だった。何も考えず、ただ信じて生きることを選んだ両親だった。そんな両親が笑っていた。

家族のドキュメンタリー映画制作を目論み一九九五年からピョンヤンと大阪で撮影を開始した私は、二〇〇一年のこの家族集合イベントが、いつか完成するドキュメンタリー作品の中で大事なパートになるであろうと予感していた。父を主人公にしようと決め、頭の中で構成を考え始めていた時期だった。大阪とピョンヤンで家族を撮るという無茶なプロジェクトを一人で始めながら、長く世に残る作品にしたいと思っていた。自己流の撮影を続けながら、映像制作を本格的に学ぶ必要性を感じていた。大阪と神戸でラジオのパーソナリティーを務めながらテレビのニュース番組を制作していたが、仮の仕事にしか思えなかった。家族のドキュメンタリー映画を撮影しながら、自分の人生後半の生き方について模索する毎日だった。

ある日、私はニューヨークに勉強しに行くと父に報告した。

「息子らはピョンヤンにおるし、娘はニューヨークに行くと言うし、うちの家族はいったいどうなってるんや。留学？　そんな金がどこにある！」

「お金は自分で用意します。これは相談じゃなくて報告やから。学校も決まったし飛行機も予約したから。ピョンヤンとニューヨークを行ったり来たりって、ＩＡＥＡ（国際原子力機関）みたいで時代にぴったりやん」

私は家出宣言のような心境だった。

「いったい、アメリカ帝国主義ごときに何を学ぶことがあるんや！」

父の大反対は想定内だったが、「アメリカ帝国主義」には吹き出しそうになった。意外にも、勉強することは良いことだ、と母が父を説得してくれた。実家の食卓を挟んで父と娘が言い争っていたその時、偶然にもピョンヤンからコレクトコールがかかってきた。国際電話局の通信員が母を探した。依頼人は次兄のコナ兄だった。母から受話器を受け取った私は、ニューヨークへ行く決心をしたが父が反対している、説得してほしいとコナ兄に頼んだ。コナ兄は驚きながらも、私の決心を面白がってくれた。

父が持った受話器の側に私が寄り添った。

「アボジ、僕たち三人の代わりに、ヨンヒ一人くらいは自由にしてやってください。ヨンヒがやりたいことをやればいいじゃないですか」

コナ兄の言葉に父が黙った。

アボジと頭をくっつけるように受話器に耳をあてていた私の頰を涙がつたった。兄に申し訳なく、とてもありがたかった。

「ヨンヒ、ニューヨークから手紙送ってくれよ。子供たちも喜ぶし。ニューヨークのコモ（父方のおば）か、カッコええな。世界中飛び回ってやりたいことやったらええ」

コナ兄は自分のことのように喜んでくれた。

「はいはい、ヨンヒは元気でニューヨーク行くし。コナも体に気をつけて。な、また皆で会えるからな」

オモニの元気な声が響いた。

私は借金をし、最後まで反対する父を押し切って飛行機に乗った。

二〇〇一年一月から米国ニューヨークにあるザ・ニュースクール（ニュースクール大学）大学

院メディア・スタディーズに入学した私は、家族全員が集まるピョンヤンでの日々を撮影するために、その秋の学期の休学手続きを終えたばかりだった。九月末にニューヨークから大阪へ飛び、一〇月には朝鮮総連の「家族訪問」ツアーで両親と北朝鮮を訪問、数週間を主にピョンヤンで過ごしたあと一旦日本に戻り、年内にはニューヨークの大学院に復学する予定だった。

頭の中は撮影のことでいっぱいだった。北朝鮮で暮らす兄たちとその家族を撮る上で、何に気をつければ兄たちに迷惑がかからないか。想像力を働かせ、北朝鮮で起こりうる状況を想定し、撮影過程をシミュレーションする毎日だった。そんな中、世界が震撼する出来事が起こった。

二〇〇一年九月一一日　午前八時四六分。マンハッタン、イーストビレッジの古いアパートで熟睡していた私は、東京からの電話のベルで叩き起こされた。

「ヨンヒさん？　よかった。無事なんですね」

「木田さん？　こんな朝早くからどうしたんですか？」

「えー？　マンハッタンですよね。すぐにテレビ見てください！　無事を確認できてよかったです。こっちは夜のニュースが大変なんで、また！　お元気で！」

ニューヨークに来る前に一緒に仕事をした、日本を代表するＴＶニュースプログラムのディレクターからの電話だった。枕元にあるテレビのリモコンスイッチを入れると、すべてのチャンネルが、旅客機が激突し煙を上げているワールドトレードセンターを映し出していた。

「Oh...my...god!」

声を出して驚いたのも束の間、リアルタイムで二機目の旅客機がタワーに激突した。アパートの部屋の窓を開けると、あちこちから消防車、救急車、パトカーのサイレンが鳴り響き、街はただならぬ雰囲気だった。案の定、オモニから電話がかかってきた。

「ヨンヒ？　今ニューステーション見てたら、ニューヨークのビルに飛行機が突っ込んだって。大丈夫か？　そこから近いんちゃうの？」

アメリカの地理をまったく知らず、ロサンゼルスで発砲事件があった時でさえ、

「大丈夫か？　ロサンゼルスって家の近所ちゃうの？」

と、マンハッタンにいる娘に電話をしてくるオモニだった。テロが起こったワールドトレードセンターまで地下鉄ですぐに行ける距離だ、と言った日には、夜も眠れなくなるに違いない。なので、「あのビルはヨンヒのアパートからめっちゃ遠いから。離れてるから大丈夫。あ

あ、予定通り大阪からピョンヤンには一緒に行くから。こっちの休学届も済んだし」とだけ言って安心させ電話を切った。

その日から、ジョージ・W・ブッシュ大統領は演説のたびにアメリカがテロ支援国家として指定している国に言及した。メディアでDPRK（Democratic People's Republic of Korea〔朝鮮民主主義人民共和国〕）について言及されるたびに複雑な心境だった。これは翌年の「悪の枢軸」国として北朝鮮が名指しされることに繋がるのだが、日本であれアメリカであれ、自分が暮らす国が、家族が暮らしている国を敵対視することには気が滅入った。武力による報復が連日メディアで叫ばれるのも大きなストレスだった。

数日後、日本にいるコリアンの知り合いからは、いわゆる「朝鮮」籍*保持者にはアメリカへの旅行ビザさえも出なくなり、ハワイへの新婚旅行がキャンセルになったと電話があった。東京にある、在日コリアンのビザ申請に詳しい旅行代理店に問い合わせると、「朝鮮」籍保持者は、当分アメリカへの渡航は無理だろうと断言された。ということは、私がアメリカを出て、日本を経て北朝鮮に行ったあと、アメリカに再入国するのは不可能ということになる。全身から血の気が引くような感覚に囚われ立っていられないほど脱力した。

生まれてもなく、暮らしたこともない国の影響を、ここまでダイレクトに受けなければいけないのだろうか。自分にとって北朝鮮とはいったい何なのだろう。いくら考えても答えは出なかった。大学院を卒業したら韓国籍（もしくは日本籍）を取得しようと決めていたが、アメリカに来る前にそうすべきだったのだろうか。悔やんでも悔やみきれなかった。

ＤＰＲＫの国籍やパスポートを持っているわけでもなかった。私がＩＤとして持っているのは、日本籍でも韓国籍でもない、いわゆる「朝鮮」籍という「出身地」だけが記載された、日本の法務局が発行した再入国許可証だった。駐日アメリカ大使館からアメリカの学生ビザが発行されていたが、アメリカから一度国外に出るとすべて無効になるという厳しい条件がついていた。ピョンヤンから戻れば学生ビザを再申請するつもりだったが、それができないとなると……。ピョンヤン行きを諦めアメリカに残るか、大学院を諦めピョンヤンに行くか。選択を迫られているようで泣きたい心境だった。

〝難民パスポート〟と言われる再入国許可証だけを持って知り合いもいないアメリカに来た自分の無謀さを思い知らされた。もし戦争にでもなった場合、まともなパスポート（国籍）がない私には、頼れる大使館もないのだ。日本の特別永住者ではあったが、それがどれほど私の身を守ってくれるのだろう。アナーキストのように生きたいと願ってやまない私だったが、この時ばかりは本当に心細く、偽造パスポートでも作れないものだろうかとさえ思ったほどだった。ピョンヤン行きの計画だけではなく、自身の心の柱が崩れるような心境でテレビとラジオのニュースを視聴していた。

ネガティブな妄想をやめ、打開策を探そうと考えた。そして大学院で私が師と仰ぐ教授に相談することにした。

学生たちのあいだでとても人気があったデオドラ・ボイル教授と話すためには、教授室のドアにある予約リストに名前を書き込んでおく必要があった。数日先まで埋まっているのが常だが、そんな余裕はない。ならば、教授の部屋の前で待ち伏せをして、学生と談話中の教授がトイレに行こうと部屋から出た瞬間に話しかけようと決めた。

マンハッタンのイーストビレッジ、セントマークスプレイスのアパートを飛び出し、ニューヨーク大学を突っ切って、グリニッチビレッジにあるザ・ニュースクールまで走った。五番街と六番街のあいだにある大学のビルにたどり着くと、エレベーターに飛び乗り、ボイル教授のオフィスの前にたどり着いた。

白い木目調のドアの前には椅子が並べられ、ボイル教授と話す順番を待つ院生たちが五人ほど座っていた。ボイル教授との面談の予約があるふりをするのも心許なく、他の院生と目が合うたびに「ハロー」と笑顔で会釈しながら落ち着かなかった。自分が置かれた状況をかいつまんで英語で説明できるよう頭の中を整理した。ボイル教授に相談するのが正しいのだろうか？　諦めなさい、と一蹴されたらどうしよう？　大学院？　ピョンヤンでの撮影？どっちを諦めればいいんだろう？と考えているうちに頭の中がとっちらかってきた。その時、白い木のドアが開きボイル教授が出てきた。

「みんな待ってくれてありがとう。化粧室へ行かせてね」

廊下にいる生徒たちに微笑んで歩き始めたボイル教授の背中にピタッとくっついた私は、大きな声で喋り始めていた。

「デオドラ！　ヨンヒです。緊急事態です！　とても緊急な相談があり待ち伏せしました。秋は休学し、日本に戻り、両親と北朝鮮に行き、ピョンヤンで暮らす兄たちと過ごしながらドキュメンタリーの撮影をする予定が、ブッシュ大統領の演説で、……」

ボイル教授にくっつき歩きながらそこまで言ったところで、トイレの前に来た。トイレのドアを開けながら教授が私の方を向いた。

「私も緊急だから。ドアの外で待っててね。ブッシュ大統領の演説で、まで聞いたわよ」

トイレの前で待った。しばらくしてドアを押して出てきたボイル教授が「続けて」と言った。私は教授室に戻る廊下を歩きながら、復学のためにニューヨークに戻る時にビザが出ない可能性がある、とまで説明した。

「落ち着きなさい。予約した生徒たちが待っているのでこれ以上話す時間はないわ。今私に言ったこと、要点だけを一時間以内にメールすること。明日、昼までに電話をします、電話番号も忘れずに」

泣きそうな顔で頷く私にボイル教授は続けた。

「ヨンヒ。状況はわかったわ。今日あなたができることはここまで。いい? 家に帰って、ご飯を食べて、よく寝なさい。テロ以降ニューヨーク中が混乱してるけど、こんなときこそ冷静にならなきゃ、ね。あとは私の仕事よ」

半信半疑だったが、ボイル教授の言葉にすがるしかなかった。

翌日の昼にボイル教授から電話があり、大学に呼ばれた。寝不足で目の下にクマがくっきりと目立つほど疲弊した私とは対照的に、ボイル教授は笑っていた。そして二つの封筒を差し出した。一つは学部長が、もう一つはボイル教授が、アメリカ大使館宛に書いた手紙だった。

「日本に持っていく、アメリカ大使館宛の手紙よ。それから今すぐに学生課に行きなさい。ミシェルという職員があなたを待ってるはずだから。安心してお兄さんたちに会ってきなさい。

元気な姿でニューヨークに戻ってくるんですよ」

意表を突かれ感謝の言葉も出てこないままボイル教授に抱きついた。いつものようにしっかりとハグをしてくれた教授は、私を見送りながら大きく頷いてくれた。

何度も教授に手を振りながら学生課のオフィスに向かった。広いオフィスでミシェルが私を待っていた。ドレッドヘアが似合う、手足が長い女性だった。

「ハロー、ヨンヒ。待ってたわよ。学生ビザ申請のために大使館に提出する書類がこのファイル。不安だろうけど気をしっかりね。あなたは我が大学院の正式な院生です。どんな政治的状況下でも、あなたの学ぶ権利を守るのが私たち大学側の義務です。もしアメリカに来るためのビザが出ない場合、私たちが直接、在日アメリカ大使館と掛け合います。この件に関してあなたができることはないから、私たちに任せて。ご家族に会うんですってね。いい旅を!」

ミシェルは忙しそうにデスクに戻りながら私にウィンクをした。

生まれ育った日本ですらこんなに温かい励ましを受けたことはなかった。大統領は気に入らなかったが、アメリカという国の懐の深さに触れたようで大きな感銘を受けた。その夜、ボイル教授からメールが届いた。

「ピョンヤンで撮る難しさと、自身の家族を撮る難しさの中で悩みも多いと思うけど。無理せず。でも後悔しないように。撮れるだけ撮ってきなさい。映画にするかしないかは後で考えればいいこと。あなたにとっても家族にとっても貴重な記録になるのは間違いないから。映画にできなければ小説でもエッセイでも。そのための貴重なメモを作ると思いなさい。ニューヨークに戻ったらたくさん話しましょう」

まずは撮る、そして後で考えればいい、というアドバイスは私を救った。すでに始めてしまったドキュメンタリープロジェクトが、私の家族を大きく傷つけはしないかと夢の中でさえ悩んでいた時期だった。恩師に背中を押され、私はアメリカ大使館宛の手紙とビデオカメラを持ってニューヨークから大阪に飛んだ。

母から聞いた話だが、父は私がニューヨークに行くと、もう二度と家族に会わなくなるのではないかと思っていたらしい。娘が、イデオロギーを分かつ父親に絶縁状を突きつけたように受け止めていたのだ。そんな娘が、ピョンヤンに一緒に行くために、わざわざニューヨークから大阪に帰ってきてくれると知り、父は近所の人に孝行娘の自慢を始めたという。関西空港から大阪の家に向かう娘を待ちきれず、家の前の路地を行ったり来たりしていたと母が教えてくれた。

父は晩酌のたびにニューヨークの話を聞きたがった。私が韓国からの留学生の友人がたくさんできたと話すと、父はとても喜んだ。母は娘と夫が笑いながら話す様子に安心しながら、ピョンヤン訪問の荷造りに余念がなかった。ニューヨークから大阪までも大変だったが、大阪からピョンヤンまでも遠い道のりだ。

飛行機で大阪から新潟に飛び、ホテルで一泊。翌日に船に乗り、海の上で一泊。ウォンサン港で税関検査を受け、ホテルで一泊。翌日バスに乗り、ウォンサンから高速道路を走りピョンヤンに入った。ソウルならニューヨークから直行便があるのに、何ともナンセンスな遠回りをしたわけだ。

その分、ピョンヤンの家族たちは喜んだ。地球の反対側にいた妹が、わざわざ両親と一緒に来てくれたと、とてもありがたがられた。甥っ子たちや姪っ子に「ニューヨークのコモ」は人気者だった。そして両親にとっても「ニューヨークから来てくれた娘」は自慢だった。そして三〇年ぶりに、やっと家族が集まれたのだ。

＊「朝鮮」籍（および在日コリアンの国籍）

一九一〇年の韓国併合以降、朝鮮半島は日本の植民地とされ、朝鮮人は強制的に皇国臣民とされた。一九四五年八月一六日、日本の敗戦＝朝鮮の独立となっても在日コリアンは講和条約の発効まで日本国籍を維持するものとされた。にもかかわらず、選挙権を停止させられたうえに、一九四七年の外国人登録令では「外国人」として登録を義務づけられた。その際、国籍欄には便宜上「（出身地）朝鮮」として登録された。一九五二年サンフランシスコ講和条約の発効（日本の独立の回復）と同時に、日本政府は在日朝鮮人の日本国籍を一律に喪失させる措置をとった。一九四八年に大韓民国が樹立されて以来、韓国政府は在日コリアンの国籍を韓国に書き換えることを求め、一部書き換えが進んだ。この書き換えが本格化するのは一九六五年の日韓の国交回復（日韓条約の締結）以後、韓国籍に限って「永住権」が付与されるようになってからであり、一九七〇年には朝鮮籍・韓国籍の比率が逆転した。現在の「朝鮮」籍保持者は、その後も一貫して韓国籍への書き換えも日本国籍の取得もしなかった在日コリアンであり、必ずしも「北朝鮮国籍」ということではない。二〇二〇年末現在の「朝鮮」籍保持者は二万七千人余りで、在留資格はほぼ「特別永住」となっている。（『スープとイデオロギー公式ブログラム』〔東風＋PLACE TO BE〕より）

父の古希祝い

……私は自身の人生を思想的に、組織的に、総括しています。本当に金日成首領様に忠実であったか。本当に金正日将軍様に忠誠を尽くしたのか、どうか。こう考えてみた時、手柄もありましたが、至らない部分がもっと多かったと言えます。……今後さらに奮闘したいのですが、すでに七五歳にもなってしまいました。……私の息子三人がここピョンヤンにいます。娘もいます。嫁たちもいます。孫たちも八人おります。従兄弟や親戚を集めれば五〇人ほどになるでしょう。私はこの若者たちを、どうすれば熱烈な金日成主義者、金正日主義者に育てられるか、が重要だと考えます。その課題で大きく前進してこそ……

――『ディア・ピョンヤン』の父のスピーチ

まだ忠誠心を尽くし足りないという父の言葉に、私は混乱した。自分の子供や孫たちを革命家に育てるのが残された仕事だと彼が言った時、その場から逃げ出したくなった……。

――『ディア・ピョンヤン』のナレーション

ステテコ姿で歌をうたう父のキャラクターにすっかり魅了された観客がドン引きするシー

ンである。娘である私でさえ耳を塞ぎたくなるのだから無理もない。「あー、そう来るか。やはり違うんだ、この人たちとわかりあうのは無理かもしれない」という落胆を与えるスピーチ。それに対する私のナレーションの後に続くパーティー会場では、生演奏で参加者が北朝鮮の歌をうたい、皆が踊るというシュールなシーンに続く。

二〇〇一年一〇月。父の古希を祝うため家族がピョンヤンで集まった。正確に言うなら、日本にいる両親とニューヨークに留学中だった私の三人が北朝鮮に行き、ピョンヤンで暮らす兄たちや親戚だけではなく北朝鮮の辺鄙（へんぴ）な地方都市に住む遠い親戚や知り合いまでも招待してパーティーを開いた。父のために息子たちが用意したパーティーという名目だったが、そんなことを信じる人はいなかった。一〇〇人を招待した玉流館でのイベントの費用は二五万円で、それは両親が支払った。父の古希は九七年だったが、北朝鮮で大量の餓死者が出た九〇年代にパーティーを開くのは不謹慎だという両親の意向で延期されていたのである。ニューヨークの大学院で映画を学んでいた私は、学期を休学して日本に飛び、両親と合流した。家族のドキュメンタリーを作ろうと撮影を始めて六年以上が過ぎていた。父を主人公にすると決めた直後だったので、休学してでもピョンヤンに同行し撮影する必要があった。前月には

マンハッタンのワールドトレードセンターに二機の旅客機が激突するという前代未聞の同時多発テロが起こり、世界中が混沌としていた。テロとの戦いが叫ばれ、ブッシュ大統領が北朝鮮を「悪の枢軸」と呼んだ。当時はまだ「朝鮮」籍だった私にとって、アメリカからの出国や、復学のための再入国など不安材料はたくさんあったが、両親揃ってのこの訪朝の記録は何があっても必要だった。

七〇歳になる数年前から父は同じ言葉を繰り返した。「大変やろうけど、一回はやっとかなアカンしな」と父が言うたび、「それくらいしかできへんし。大変やけど一回は皆を呼んであげましょ。親戚で四〇~五〇人にはなるかな」と母は同調した。「何のこと?」と私が聞くと、「アボジの古希祝いをピョンヤンでやらないと。家族全員が集まれるのも最後かもわからんし」と母が言った。そして「あんたも結婚したらオッパたちに会いに行きにくくなるやろうし」と私の結婚に対する執念も覗かせた。古希が特別だというのはわからなくもないが、自分の誕生日にそこまで意味を付与する両親に少し呆れていた。しかし、新潟港からマンギョンボン号に乗り、ウォンサンを経て、ピョンヤンに到着するまでの両親の会話を聞きながら、私はこのイベントの本当の目的を把握し始めた。大阪を出発する前に大まかな招待客リストはできていた。それを「祖国での面会者リスト」として朝鮮総連に提出すると、北朝鮮の田舎に住む人々にまで国内の通行許可証が発行され、ピョンヤンに入れるというわけだ。「招待するって言うけどさ。先方は田舎からわざわざ呼ばれて迷惑ちゃうの?」と聞く私の質問に「あんたはわかってないな」と母が呆れた。北朝鮮の地方で暮らす親戚にとっては、朝鮮総連の幹部が主催する、しかもピョンヤンでのパーティーに呼ばれるというのは名誉なことで、箔が付くらしい。参加者には、パーティーで父と撮った写真と一緒に、父が金日成主席の近くに立ち少人数で撮った写真を入れた額、そして少額ながら日本円とお土産を渡すという。要は、政治的に有用であろう保険と、ささやかながら経済的援助を渡すというわけだ。まだ朝鮮総連顧問としての役職があるうちに、せめてものプレゼントを親族や友人たちに分け与えようということだった。両親は「これで最後だな。仕方ない、俺らも歳だし。できるだけのことはやってきたさ」とお互いを労わるように言っていた。

古希のパーティー当日。ピョンヤンはもちろん、ウォンサン、シニジュ、チョンジン、ヘサン(恵山)など、北朝鮮全土から親戚や父の昔の友人が集まった。聞くと、トラックの荷台に揺られ、車を乗り継ぎピョンヤンに来た人や、数日間も列車に揺られてきた人もいた。小さな国土なのにいったい全体どういう列車に数日間も乗るのかと聞いてみたら、電力供給の関係で列車が動いている時間よりも停まっている時間の方が長かったりするらしい。苦労してピョンヤンの玉流館まで来てくれた参加者がありがたかった。私が頭を下げると「お陰様でピョンヤンも見れたし、玉流館にも来れたし、招待してくださってこんな名誉なことはない」と皆に頭を下げられた。

参加者はバラエティーに富んでいた。兄たちの家族はもちろん、兄たちの職場の上司や、政府の在日同胞担当部署の面々もいた。私を見て「ヨンヒか！　あんなにちっちゃい泣き虫だったのに、すっかり大人になって。アメリカにいるって本当か」と話しかけてくる人たちがいた。彼らは日本からの帰国者で、私が幼い頃に鶴橋の家に遊びに来ていた兄の友人たちである。服装を見ても日本から仕送りがある帰国者たちだとすぐにわかった。慣れないパーティー会場の雰囲気に、参加者にも緊張が窺えた。父の面子を潰さないように行儀良く振る舞っている甥っ子たちや姪っ子もいじらしかった。

一見、他人が羨む立派なパーティーのようでもあったが、私にはハリボテのコメディーのように見えて仕方がなかった。天井が広い立派な宴会場に並んだ大きな丸テーブルには、仰々しく盛られた素朴な朝鮮料理とお酒が並んだ。兄たちと兄嫁たち、甥っ子たちや姪っ子は、母が日本から送ったスーツや民族衣装を着ていた。葬式のように真っ黒なスーツを着た私は、ビデオカメラですべてを撮影しようと黒子のように動き回っていた。さまざまな立場の人が、父の古希を祝いながら生涯を総連活動に捧げた父を褒め称えるスピーチをした。そして最後に、父のスピーチがあった。

父がスピーチの中で「私には息子たち、娘、孫たちがいます……」と言い、続けて「この若者たちを革命家に！」と言った時、私は思わず甥っ子たちや姪っ子が座っているテーブルを見た。私は「ええ？　まさか！　ダメダメありえない〜」というジェスチャーを姪や甥たちに返した。皆が私を指差しながら笑いを堪えていた。彼らから見ても私は〝奔放な問題児〟なのかと思うと笑いが込み上げてきた。ビデオカメラが揺れないようにと、腕に力を入れた。

玉流館でのパーティーをビデオカメラで記録しながら、私はチャップリンの言葉を思い出していた。「人生はクローズアップで見れば悲劇だが、ロングショットで見れば喜劇だ」というチャップリンの言葉を借りるならば、私は自分の家族をロングショットで見るためにビデオカメラの力を借りているのかもしれない。愛しても憎んでも呆れても離れて暮らしても、自分の家族と精神的に距離を置くのはたやすくない。その家族を俯瞰し多面的に見るためには、突き放す必要があった。家族から目を背けるのではなく、家族を遠近から凝視し、自分が何者から生まれたのかを知りたかった。生い立ちを解剖し、広く深く自分のバックグラウンドの正体を知りたかった。その上で家族と自分を切り離したかった。

父のスピーチを聞きながら、私の家族を解剖するのは一筋縄ではいかないだろうと思った。今、大勢の前でスピーチをしている父は、実に多くの言葉を飲み込みながら生きてきた人だとわかってきたからだ。そして北朝鮮にいる家族もまた、多くの言葉を飲み込んで生きているに違いなかった。「一回はやっとかなアカン」と言っていた父の言葉と、教条的なスピーチのあいだに私は立っていた。どっちでもない。両方が父の言葉だった。両方が父なのだと思った。ステテコをはいて本音を言う父も、ズラリと勲章をぶら下げて金日成への忠誠を誓う父も、両方が私の父なのだ。稀有なことだとも思わない。多くの〝大人〟たちはそうやって本音と建前のあいだを行ったり来たりしているではないか。革命を叫ぶ父もまた、普通の人なんだと思った。

父の古希のパーティーが終わり、数日が過ぎた頃、私たちが泊まっている兄のアパートを訪ねてきた人がいた。パーティーにも来ていた高齢の男性で、息子さんと一緒に私の両親に挨拶に来たという。男性は杖をつき足を引きずっていた。来客を迎えた父は大きく手を広げて高齢の男性にハグをした。父は「苦労をしたな。ピョンヤンに戻れて本当に良かった」と何度も言った。別室に入り、込み入った話をしていたが、私はその部屋にお茶を持っていきながら会話を聞いた。その老人は父と同じ故郷（済州島）出身で、大阪時代に鶴橋に住んでいて、北朝鮮に「帰国」したらしい。ピョンヤンで暮らしていたが、政治犯として収容所に送られ、家族もピョンヤン追放となり僻地へ飛ばされた。数年後に無罪が認められ家族のもとへ帰った。田舎で隠れるように暮らしていたが、ピョンヤンにいた人間の無罪が証明されたならピョンヤンに戻すべきではないかと父が提起し、ピョンヤンに引っ越せたと言っていた。収容所から解放され田舎で暮らしていた時、私の母からの小包が届きどれほど嬉しかったか、と言いながら泣いていた。今回もパーティーに呼んでくれてありがたかったと、自分にまで写真やお土産をくださって感激したと何度も頭を下げていた。父は、「昔一緒に鶴橋の居酒屋で呑んだご近所さんじゃないか、同じ済州島の仲間じゃないか、頭を上げてくれ」と何度も言っていた。

部屋から出た私はとても腹が立っていた。政治犯収容所にいたということは、他の国なら罪にならないような〝罪〟に違いない。それを何年も収容された後で〝無罪〟とは何なんだ！「収容所で足を怪我した」と言っていたが、拷問ではなかったかも気になった。「人の人生を何だと思ってるんだ！」と叫びたかった。別の部屋で笑っている甥っ子や姪っ子が逞しく、自分だけが子供に思えた。

父と同じ歳なのに、その来客はとてもお爺さんに見えた。息子さんと一緒に、何度もお辞儀をしながら、謝りながら、お礼を言いながら帰っていった。「収容所に行かされて、数年後に無罪が証明されるって、普通なら損害賠償もんや」と私が言った。母は「あんたは黙っときなさい」と言った。

理不尽なことはどの国にもあるだろう。でも大切な家族が暮らしている国での理不尽にはことさらナイーブに反応してしまう。そういう国だから仕方がない、と特別視するのはフェアでない気がするのだ。王朝と呼ばれる国でフェアも何もあったもんじゃないが。

今も玉流館と聞けば、二〇〇一年秋のパーティーでの父のスピーチを思い出す。そして、杖をつき足を引きずっていた老人と息子さんのことを思い出す。

残酷な質問

まさか、父が答えてくれるとは思っていなかった。もしかすると、この質問をしたいがために、何年もビデオカメラを持って父を追いかけていたのかもしれない。聞けない質問だった、あまりにも残酷で。率直に答えられない立場にある父とわかっていたから。何より、組織人としての建前の言葉で語ってほしくなかった。父としての正直な気持ちを聞きたかったのだ。質問をすれば、怒鳴られるかもしれないと思っていた。カメラを避ける父の後ろ姿だけでも撮りたかった。沈黙する父の表情だけでも十分だった。

二〇〇四年の春。なぜか私は緊張していた。父と一緒に居間にいながら、なぜか、今しかない！と直感が走った。緊張のあまりつっけんどんな言い方になってしまった。

娘：三人ぜんぶ行かして後悔してる？

唐突に私が聞くと沈黙が流れた。もうどうにでもなれ、と開き直った瞬間、父が語り出した。

父：もう行ってしまったのは仕方がないなと思うけど、そら、行って、いく……行かさなかったらもっと良かったかなというようにも考えてるさ。

自分の耳を疑いながら慎重に質問を続けた。父はタイムカプセルに乗って「帰国事業」が盛んだった頃に戻り思い出している表情だった。

娘：あの時アボジ何歳やった？　息子ら皆行かせたとき。アボジは何歳やったん？
父：何歳かな……。
娘：今から三二、三年前……ってことはアボジが四三、四？
父：その時の見通しというのはね、在日朝鮮人運動がとても盛り上がっていた時だから。すべてがうまくいくという方向で問題を見たんだから。甘かったんや……。

父の率直さに驚いた。私の質問に真摯に答えてくれたのがありがたかった。父親、そして活動家として禁句にしていたと思われる言葉を発しているのは、私に対する信頼なのか、それとも娘への甘さで魔が差したのか。カメラを回しながら父に申し訳なく、父がありがたかった。そして、これで映画になる！と思った。

この日の父は少し変だった。今まで決して口にしなかったことをたくさん言った。『ディア・ピョンヤン』のクライマックスのシーンで父は、私の国籍変更（韓国籍取得）を許し、韓国に嫁に行ってもいいから相手を見つけろとまで言った。自分は人生の最後まで金日成に忠誠を尽くすが、娘は別枠だから自由に生きろと言った。実は、兄たちの「帰国」について後悔を漏らす場面から、私の国籍変更を許すまでのシーンは、同じ日に撮れた映像である。その翌日、私は予定通りに東京へ戻った。

一週間後、父が脳梗塞で倒れたと連絡が入った。六時間以上の手術の結果、父は寝たきりになった。一連の父との会話は、元気だった父が私と交わした、最後の会話になった。

九年間撮り続けた映像を集め、ドキュメンタリー映画の編集を始めた。早く作品を完成させて、主人公である父に見せたかった。寝たきりになった父は劇的に視力を失っていった。早く完成させないと！　主人公には真っ先に見てもらわないと！　東京では焦る気持ちを抑えて編集室に籠った。父の介護に献身する母を休ませるため、毎月大阪に通った。ひと月の三週間を元気な父の映像を見ながら編集室で過ごし、一週間は母を休ませ私が寝たきりの父の世話をした。過去と現在を行き来しながら頭の中が混乱する日々だった。

編集するにあたって、父が後悔を語る映像を使うことに躊躇はなかった。終わりのない憂慮を伴うだろうと予想はできたが、迷わなかった。いや、迷う瞬間はあったが、つねに答えは見えていた。残酷な娘であることを自覚しつつ、監督としての判断を優先させた。

「帰国事業」は朝鮮総連（そして日朝の赤十字社、両国政府）が総力を挙げて推進したものだった。九万三千人弱の在日コリアンに、「北朝鮮は差別のない地上の楽園」だと言って移住させたのだ。日朝両政府も両国のメディアも、そして朝鮮総連も、帰国者たちのその後の実情については無関心を貫き、行かせっぱなしの、放ったらかしである。世界的に見ても大きな移民プロジェクトであるはずが、歴史から消されようとしていると思えてならなかった。兄たちの人生がなかったことにされるのは納得できなかった。

皮肉なことに、父は「帰国事業」の旗振り役でもあった。朝鮮総連の熱血活動家だった父の説得で北朝鮮に渡った人たちもいる。私は長年、「帰国事業」に対する組織の態度を問わず、自分の家族や親戚のサポートにだけ必死な両親に不満を抱いていた。そしてその不満は自分に跳ね返ってきた。あの国に息子や孫たちを人質にとられたような状態の両親が、いったい何を言えるというのだ。自分から両親への叱責の言葉に自分自身が刺さる、その繰り返しだった。

「帰国事業」に対する父の後悔が公になれば、組織人としての父は批判対象になるかもしれないとわかっていた。その一方、父にもこれくらい言わせてあげたいとも思った。人生を振り返って「まさかこうなるとは」と考えることは誰にでもあるはずだ。

『ディア・ピョンヤン』を発表後、総連は私に謝罪文を書くよう督促し、無視した私は北朝鮮への入国が禁止された。二〇〇五年の訪朝を最後に、私は家族に会えなくなった。『愛しきソナ』（二〇〇九年）を発表した時は、ナンセンスな〝処罰〟を下す組織に対し中指を立てる心境だった。両親が人生を捧げ尽くした組織の判断によって、家族はさらに離散家族になった。母はただ「罰ゲームかいな、情けない」と言った。一人暮らしの母には嫌がらせの電話が続いた。娘の作品が原因で今まで親しかった人たちと疎遠になってしまった母には申し訳なかった。「あんたに変な電話がいってないならよろしい。家族の記録を映画にしてくれてありがたいと思ってる」と母は言った。どこまでも堂々としている母だった。

ウリ ヨンヒ チャッカジ

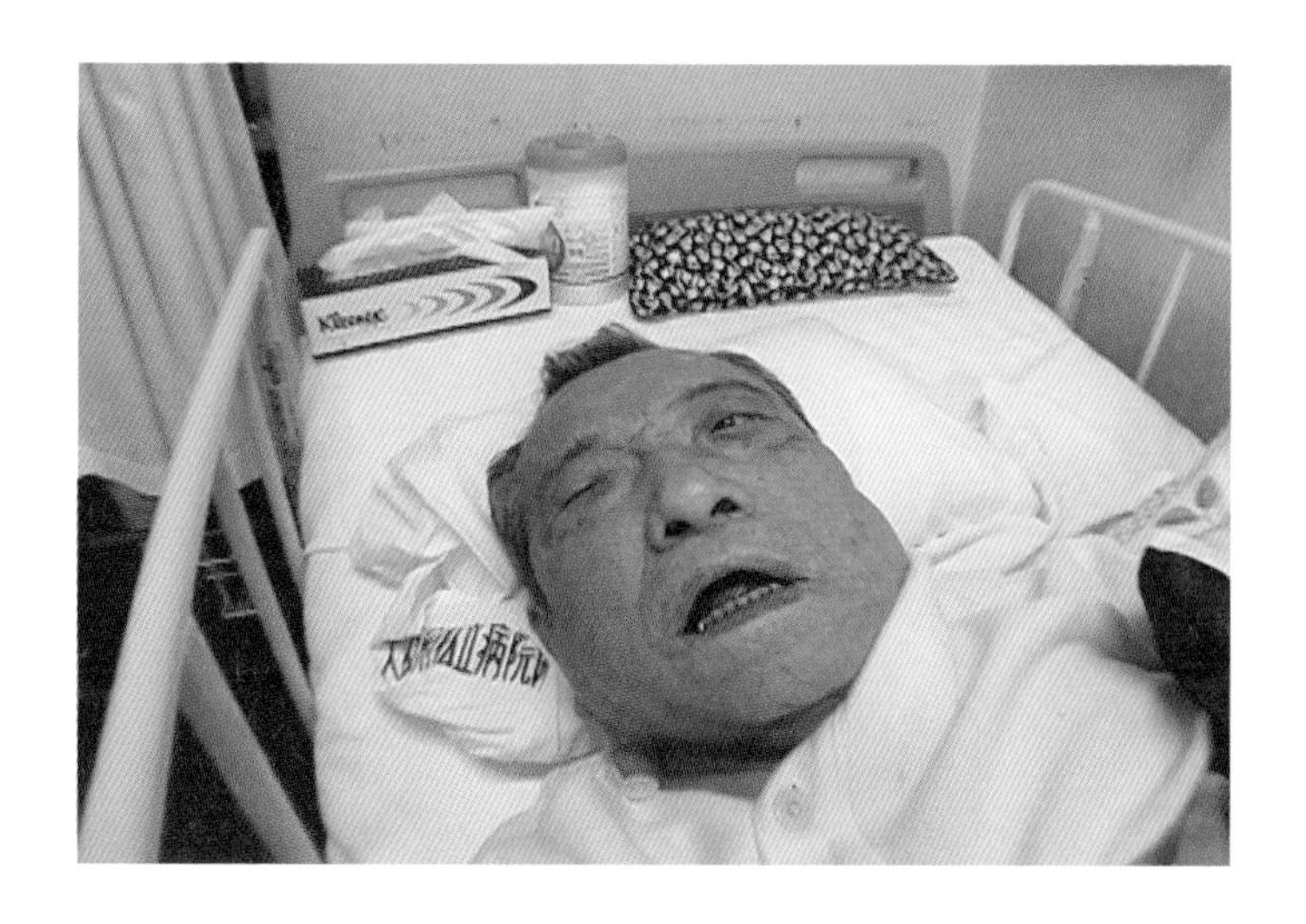

夜。東京の事務所で会議中に母から電話がかかってきた。父が脳梗塞で倒れ、すぐに手術が始まるという。時計を見ると大阪行きの最終新幹線は出た後だった。始発の飛行機や新幹線を待つほど心に余裕がなかった。会議に参加していたメンバーが車で大阪まで運転してくれると言ってくれた。私たちはレンタカーを借り、大阪へ向かった。何時間かかってもよかった。少しずつでも大阪に向かっている、近づいているという実感が私を支えた。

「まさか。そんなはずはない。まだ逝かせるわけにはいかない。もういちど孫に会いたいって言ってたのに。映画も完成してないのに。アボジが主役なのに、アボジが最初に見なきゃいけないのに」

助手席に座った私は、ブツブツつぶやいては声を出して泣いていた。私を絶対的に愛してくれる、世界でたった一人の存在が消えるかもしれないという不安が、私を子供にかえらせるようだった。数時間しゃくり上げて泣いた。泣き疲れてぼーっとしていると、子供の頃からの思い出がグルグルと頭の中を駆け巡った。

六時間以上の手術を終えた父の意識は数日間戻らなかった。母と私は、ＩＣＵ（集中治療室）のガラス越しに父の様子を確かめ、病院の廊下の椅子に一日中座り、ただ父の意識が戻るのを待った。夜、家に戻った母は何度も便箋を広げ、ピョンヤンにいる息子たちに手紙を書こうとした。便箋の前で考え込んではため息をつく母を見ながら、緊急事態なのに電話もEメールもできず、届くのに数週間もかかる手紙だけが連絡手段だなんて、まるで中世のお伽噺のようだと思った。白紙の便箋を閉じた母は、部屋に飾ってある息子や孫たちの写真を見ながらため息をついた。朝も夜も、その繰り返しだった。

かすかに意識が戻った父は、一般病棟の個室に移された。鼻からチューブを、腕から点滴を通された父は、ときおり口からもチューブで痰を吸い上げられながら、苦しそうに荒い息を繰り返していた。私は父の手を握り、脂汗が滲みむくんだ顔を見つめた。こんなにも長い時間、父の顔を見続けるのははじめてだった。友人が大きな「幸運の石」の指輪をくれた。「これをつけていると願いが叶う」と言った。スピリチュアルなことに無関心な私だったが、その大きな指輪をつけて生死の境をさまよう父の手をぎゅっ、ぎゅっと力を込めて握り続けた。不自然なほど大きな指輪がお守りのようだった。

「アボジ、聞こえる？　聞こえたら手を握り返して」

諦めずに何度も話しかけながらぎゅっ、ぎゅっと力を込めていると、父がかすかな力で私の手を握り返してきた。声が聞こえている！という事実に、とめどなく涙が溢れた。父は死にかけているのではない。生死の境をさまよっているのでもない。父は生きようと闘っているのだと実感した。病室の隅に置いてあったカメラバッグを開け、ビデオカメラを取り出した。生きようと必死な父の姿を撮らねば、と思った。

父は一命をとりとめた。寝たきりの入院生活が始まり、母は毎日父の病室に通った。面会開始時間から面会終了時間まで、一日中父の側を離れなかった。病院の完全介護に任せられたが「家族が側で見ていれば、看護師さんたちも手抜きでけへんやろ。病院や看護師さんを信頼してるけどな」と母は言った。

父はたびたび奇妙なことを言った。ある日は、ピョンヤンで暮らす次男と三男が見舞いに来たのに長男はまだ来ないと言う。今三人の息子たちは学校に行っているはずだ、とも言った。別の日は、済州島の食堂に昼ご飯を食べに行こうと私を誘った。寝たきりの父が「靴を持ってこい」と言った。済州島の○○食堂で友達が待っている、と言い張った。病室のカーテンが揺れると「馬が走っている」と言ったり、病棟の廊下から聞こえる声が、猛獣たちの鳴き声に聞こえて怯えたりもした。脳の一部の細胞が死んでいるため認知症を患うのは当然で、さまざまな妄想が起こるようだった。母も私も、父が言うことを肯定し問い詰めなかった。医師曰く、認知症の患者は自分の意見を否定されるとそのストレスで脳の小さな毛細血管に悪い影響を受けるらしい。「ストレスで小さな脳梗塞が起こると思ってください」と言われた。とにかくストレスを与えないように、父の妄想に付き合った。

ある日、看護師が無理をして父の体を動かそうとした。「痛い！　痛い！　やめてくれ！」と父が言っても、「はいはい、大丈夫大丈夫」と言いながら無理に父の体を動かす看護師に対し、父が暴言を吐いた。私は咄嗟に看護師に謝り、父を叱りつけた。「アボジ、皆がアボジのためにこんなにがんばってくれてはるのに、アボジの体を良くするためにこんなに一生懸命やのに、なんてこと言うの！」と強く言い聞かせた。すると、怒りに満ちた表情の父が叫んだ。

「俺のためやない！　皆、自分の仕事してるだけや！　俺のため、言うな！」

父の言葉の後、病室はシーンとした。看護師たちは黙って出ていった。怒りがエネルギーになったのか、真剣な表情の父はとてもしっかりして見えた。

「アボジが正しいな。そうや。皆、自分の仕事してるだけやもんな。恩着せがましく言われたら腹たつわな。ごめん、ヨンヒが悪かった」

私が父に謝ると、

「お前はがんばっとる」

と父が言った。なんだか、認知症なのか正気なのかわからなくなる父だった。父と二人、大声で笑った。自分の言葉に吹き出しながら笑う父の手を握った。「アボジ、がんばろな!」と私は言った。「がんばろうー!」と父も言った。

「がんばって病気治して家に帰ろな。孫に会いにピョンヤン行こう」

と父を励ました。家に帰ろう、家族がいるピョンヤンに行こう、が私たちの合言葉になった。


父の介護に関しては、一ヶ月のうち三週間を母が、一週間を私が担当した。私が父の病室に通う一週間、母は家で休んだ。母が父の世話をする三週間、私は東京で編集室に籠った。東京―大阪間を行き来しながら、父を主人公に家族を描いたドキュメンタリーの編集を進めた。

二〇〇五年夏、ドキュメンタリー映画『ディア・ピョンヤン』が完成した。同年一〇月の山形国際ドキュメンタリー映画祭、釜山国際映画祭を皮切りに、サンダンス映画祭、ベルリン国際映画祭など、国内外の映画祭に多数招かれ受賞もした。

二〇〇九年一一月。父が入院し五年半が過ぎていた。毎月のように一週間を大阪で過ごし東京に戻る日の朝、父の病室に挨拶に行った。

「アボジ、また来月来るわな」

「新幹線に遅れないよう早く行きなさい」

と母が言った。

「あかん、明日行ったらええ」

と父が言った。珍しいことだった。普段は「バイバイ！」と言ってくれるのに。なんとなく後ろ髪を引かれるようで、東京行きをずらした。

「わかった。明日の新幹線に変更して、今日はここにおるわな」

父に昼ご飯を食べさせたが、いつもより食欲がなかった。薬を持ってきた看護師が体温を測ると微熱があった。その後、看護師は何度も熱と脈を測りにきた。熱は少しずつ上がっていった。夕方を過ぎた頃、

「今晩が峠かもですね。側にいてあげてください」

と言って看護師が出ていった。何のことかわからなかった。え？ 風邪じゃないの？ いったい何の峠？と腑に落ちなかった。とにかく父の側から一瞬も離れなかった。夜になり、父の呼吸が荒くなり苦しそうな声が聞こえた。

「オモニ……ヨンヒ……」

と何度も父が言った。看護師は頻繁に病室を出入りしながら、

「最後にお話ししたいこと言ってあげてくださいね」

と言った。きょとんとする私。母が突然立ち上がった。

「アボジの服（死装束）持ってくるわな。あんたが側にいてあげてな。オモニはもう十分一緒におったから」

母は家に行ってしまった。病室に残った私は、父の手を握った。何を言えばいいんだろう。でもまた熱が下がって元気を取り戻すかもしれないし。今夜？ そんな急に？ 新幹線に乗るはずだったのに？ 頭の中が混乱する中、何を言うべきかしばらく考えた。父の顔を見つめていると、目が少し開いた。

「アボジ、小さい頃、ヨンヒをアボジの膝に乗せて歌うたってくれたの覚えてる？」

父が頷いた。

「どんな歌か、覚えてる？　ウリ ヨンヒ チャッカジ、チョンマル チャッカジ。アジュアジュ チャッカジ ウリ ヨンヒ チャッカジ（私たちのヨンヒはいい子だね、本当にいい子だね。とってもとってもいい子、私たちのヨンヒはいい子だね）」

明るく歌いたかったが声が震えた。「親バカな歌作ったな」と言って無理に笑った。アボジも微かに笑った。

「アボジ。ヨンヒ、がんばるからな。これからもっとがんばるけど、アボジが喜ばない仕事をするかもやわ。ごめんな。アボジとオモニに迷惑かけるかも、やけど。ごめんな。映画とか、本とか、ヨンヒが作りたいもん作るわな。がんばるわな」

ここまで言うのがやっとだった。父がうっすら目を開けた。

「ヨンヒが決めた道、とっとこ行ったらええ」

と父が言った。嘘のようにはっきり聞こえた。とっとこ、という言葉が父らしかった。

その後、急に父の息が荒くなった。胸を大きく膨らませ肩を揺らしながら、ゼーゼーと激しい息をした。命懸けで息をするようだった。

父に着せる服を持って母が病室に入ってきた。看護師たちも入ってきた。父の息はますます荒くなった。上半身が宙に浮きそうになりながら息を吸い、浮いた頭と背中をベッドに激しく沈めながら息を吐いた。何度かそれを繰り返した父は、ゆっくりと段階を経るように息を引き取った。人間はこうして死んでゆくのだと私に見せてくれているようだった。ずっと握りしめている父の手が冷たくなった。顔も首筋も冷たくなった。冷たいままでもいいから、棺になんて入らず永遠にこのままいてほしいと思った。

二年後の二〇一一年秋。父の遺骨を、母がピョンヤンに持っていった。南北と日朝の関係改善に期待を持っていた頃、父は自分の遺骨を故郷の済州島に埋めてほしいと言っていた。時間が経っても状況が変わらないため、息子たちや孫たちがいるピョンヤンに墓を作ろうと言うようになった両親だった。母が父の遺骨を持ってピョンヤンを訪れているあいだ、私は東京で初の劇映画『かぞくのくに』(二〇一二年)の編集をしていた。家族に会えず墓参りさえ叶わない状況の中での、それが私の家族との向き合い方だった。

2

カメラを切って

ソナの微笑み

家庭用ビデオカメラで撮影した作品が
デジタル・リマスタリングで蘇る幸せに胸が震えている。
「長く生き残る作品になりますように」と願いながら撮影し編集した。
主人公のアボジは亡くなり、ソナとも会えなくなった。
しかしあの日のアボジ、あの時のソナを消すことはできない。
その一瞬一瞬が歴史なのだから。

——— ヤン ヨンヒ

父と娘の悲喜こもごも

★デジタル・リマスタリング版日本初上映

ディア・ピョンヤン

最も理解しがたい最愛の父と私の10年間。「父ちゃんの映画作ってんねん」「アホちゃうか!」愉快で壮絶な父娘のバトルに世界中が泣いて笑った。朝鮮総連の幹部である実父を愛ある視点で追い続けたヤン ヨンヒの原点にして大傑作!

北朝鮮で暮らす幼い姪を映す

★デジタル・リマスタリング版日本初上映

愛しきソナ

愛する人たちが暮らすその地を想う時、私の心はいつも引き裂かれる。帰国事業により北朝鮮に移り住んだヤン ヨンヒの3人の兄。そこで生まれ育った姪のソナ。北朝鮮政府から入国禁止を言い渡されながら、愛する兄とソナへ15年の想いを込め作り上げた感動の1本。

母と新しい家族とを紡ぐ

スープとイデオロギー

ついに母が教えてくれた、おいしいスープのレシピと「済州4・3事件」の実体験。頑なに"北"を信じ続けてきた母が娘にはじめて打ち明けた壮絶な秘密。そして、新しい家族との出会い。「思想や価値観が違っても、一緒にごはんを食べよう。殺し合わず、共に生きよう。」

5/20(土)より [東京] ポレポレ東中野にて開催

以降 [大阪]第七藝術劇場/[京都]京都シネマ
[愛知]名古屋シネマテーク ほかにて

ドキュメンタリー映画『愛しきソナ』のファーストシーンであり、ピョンヤンで生まれ育った姪っ子ソナにはじめて会った瞬間でもある。

一九九五年三月。私は家族訪問団の一員として北朝鮮を訪れた。一七歳の時の初訪朝以来五回ほど北朝鮮を訪れてはいたが、ビデオカメラを持っての訪朝はこの時がはじめてだった。まさかこの映像記録が後に家族ドキュメンタリー三部作（『ディア・ピョンヤン』『愛しきソナ』『スープとイデオロギー』）になるとは夢にも思わず、心の奥底で「いつか、一本でいいから、家族についてのドキュメンタリーを作れたらいいなあ」と夢想するように漠然と考えていた。さしあたっての目的は、すでに三歳になっている姪っ子ソナの成長を記録したいというものだった。頻繁に孫たちに会えない両親にとっては毎日でも見ていたいビデオクリップになるだろう。価値観の違いから私との口論が絶えない両親へのささやかな癒しのプレゼントになれば、とも思っていた。ピョンヤンで暮らす孫の写真ばかり見ながら大阪で暮らす両親にとって、〝動く孫〟を見ることができ声も聞ける動画は元気の源になるような気がした。

ウォンサンからの観光バスはこれまでと同じく高速道路を走ってピョンヤン市内へ入った。ホテルに向かうバスの中で、家族との面会は明日からだと伝えられた。今日はこのままレストランへ行き早い夕飯を済ませ、宿泊先のホテルに入って休むという。ピョンヤン市内に家族がいるのにすぐに面会が叶わない理不尽さがストレスになるが、珍しいことではない。訪朝のたびに聞く「面会」という言葉にも驚かなくなっていた。

ピョンヤン名物という、チェンバン冷麺（真鍮でできた広く浅い器に盛られた冷麺）の夕食を終え、訪問団の一行はふたたびバスに乗り込んだ。バスがチャングァンサン（蒼光山）ホテルのエントランスに入ると、言い知れぬ懐かしさに包まれた。高校生の時の初訪朝で泊まったホテルだったので建物には見覚えがあった。が、思い出の中のホテルより異様に古びて見え、薄暗く、人気もなく、不気味な雰囲気さえ漂っていた。よく見ると節電なのか電気がほとんどついていない。閉館間近なのか、宿泊客が少ないのか、ホテルスタッフを探すのにも苦労した。家族訪問団のメンバーはピョンヤン到着の翌日から家族のアパートに行き寝泊まりする人が多いのでお構いなし、ということなのか。ホテルの対応が腑に落ちなかった。

八〇年代、日本からの訪問団が泊まる外国人用のホテルは世界各国からの宿泊客で賑やかだった。外貨でのみ支払えるホテルのカフェやバーには、海外から出張に来ていた貿易マンと談笑する北朝鮮の貿易マンたちが入り混じり、現地市民の月給でも払えないコーヒーやビール、外国製のタバコで〝豪勢な〟ミーティングが盛んだった。バブル経済の影響で羽振りの良かった在日コリアンの貿易マンたちは、中国経由の飛行機のファーストクラスでピョンヤンに通い、ホテルのカフェやバーで我が物顔だった。コリョ（高麗）ホテルの前に立っていた売春目的の女性たちが一掃され、ホテルの女性従業員を〝買って〟部屋に呼んでいた貿易マンたちが入国禁止になったとの噂が広がった時期もあった。

九〇年代に入り、農業の失策と自然災害による北朝鮮全土の深刻な飢餓が国際ニュースで報じられていた。UNICEF（国際連合児童基金）や国連の調査による餓死や栄養失調の現状を示す統計が報じられるたびに、日本にいる私たちは心配していた。そんな厳しい実情を立証するように、人々の表情から笑顔がなくなり、街から生気が消えたように感じていた。ホテル内のロビーも閑散としていた。

ホテルの割り当てられた部屋に入り、翌日からの家族訪問のために荷物を整理していた時、ドアをノックする音がした。

「ヤンヨンヒ同務（トンム）のお部屋ですか？　一階のコーヒー店でご家族がお待ちです」

そう来なくっちゃー！と私は飛び上がった。明日からが家族訪問と聞いてはいたが、訪朝のたび、私がピョンヤンに入るその日にかならず兄たちはホテルを訪ねてきてくれていたので気になっていた。撮影の可能性を考え、念のためにカメラバッグを持ってホテルの一階に降りていった。人気もなく薄暗いホテルのロビーを見渡し、「コーヒー」と書かれた看板を見つけて入っていった。広いカフェの中に一ヶ所だけ大人たちと子供たちで陣取っているテーブルがあった。私は「オッパ！」と叫びながら手を振り、皆がいるテーブルに駆けつけた。そこには長兄のコノ兄、次兄のコナ兄、甥っ子たち、兄嫁たちに囲まれながら、ひたすらアイスクリームを食べている小さな女の子がいた。その女の子は私を見て目をパチクリし驚きながらも、アイスクリームを食べるのをやめなかった。

「ソナ、ヨンヒコモが来たよ。挨拶は？」とコナ兄。

「アイスクリーム食べるのに必死やねんな」と笑顔のコノ兄。皆がソナに注目した。「アンニョンハセヨ」と言った私はソナの反応を待った。私の顔をきょとんとした表情で眺めていたソナの目が一瞬大きく見開いた。

「コモ！」とソナが叫んだ。

その愛らしい声に、私の視界からソナ以外のすべてが消えた。眼の前に現れた愛くるしい姪っ子の一挙一動に、私の目は釘付けになった。私の兄（オッパ）を「アッパ（パパ）！」と呼ぶソナは、幼い時に兄を呼んでいた私そのものだった。それまで男の子ばかりだった兄たちの家庭に生まれた、待望の姪っ子の成長を記録するためにピョンヤンにまで来たのは正しかったと自分を褒めた。サラサラの髪を頭の上で二つに結い、ボンボリのついた可愛いセーターを着ていたソナは、ピョンヤンで生まれながらも日本製のモノに囲まれ育つ〝恵まれた帰国者二世〟の姿そのものだった。ソナの髪を束ねているヘアゴム、着ているセーターや肌着、履いている靴に至るまで、大阪にいるソナの祖母（私の母）が送ったものだ。ピョンヤンと日本で暮らす家族の愛情と注目を一身に受けて育つソナの表情に翳りはなく、笑顔は天使のようだった。その笑顔がいつまでも変わらないよう、皆が祈っているようにも思えた。

兄たちに守られあやされるソナは、兄たちが「帰国」する前の私の姿と重なった。私の分身のように見えるソナの愛らしいおさな言葉にとろけそうになりながら、私はビデオカメラを回し始めた。

「今回はまた大きなカメラ持ってきたなー」

と兄たちが言った。

「これ、音も入るの。今動画を撮ってるんよ。後で説明するから。ちょっとソナに集中するね」

と言った私の手にあったビデオカメラに甥っ子たちの視線が集中した。私に対するソナの好奇心の率直さも新鮮だった。ソナは、オンマ（ママ）、アッパ（パパ）、オッパと言い始めた時から、コモという言葉を覚えさせられ「日本にいるヨンヒコモ」という未知なる存在について教え込まれていたらしい。アイスクリームを残さず食べたソナは、やっと私に抱きついてきた。私が身につけていたイヤリングを触り、髪の匂いを嗅ぎ、私の顔を触った。話にだけ聞いていたコモの実存を自分で確かめているような三歳の姪っ子は、自分に向けられるビデオカメラのレンズを何度も逆から覗き込んだ。

赤ん坊の時の写真を見ていた甥っ子たちも大きくなっていて驚いた。小中学校に通う甥っ子たちは、私に会いに来たホテルのカフェでも翌日学校である試験の勉強をしていた。単語帳やドリルをしばし置いて私にお辞儀をする甥っ子たちが頼もしく見えた。大家族に囲まれながらソナが笑い、ソナが笑うと皆が笑った。演出され強制された笑顔ではない家族の日常の中の表情がそこにあった。私はこの笑顔を撮るためにピョンヤンまで来たのだと確信した。検閲も怖くなくなった。自信を持って堂々と撮影し、堂々とビデオテープを持ち帰ろうと決心した。

小川の水、くねくねとどこへ行く

ピョンヤンで生まれ育った姪っ子のソナが分身のように思える理由がもう一つある。それはソナと私が幼い時期に体験した喪失感だ。五歳で母を亡くしたソナの悲しみと寂しさを私が理解できるとは思わない。しかし六歳で三人の兄たちと生き別れになった私は、当たり前のようにいた家族が突然いなくなった経験からその喪失感がトラウマになった。母の死は幼いソナにとって大きな心の傷だろう。本人はいじらしいくらい気丈に振る舞ってはいるが。ソナは母への恋しさを口にしたことがなかった。異母兄や継母への遠慮や気遣いかもしれない。ただ、ソナの祖母（私の母）や私がピョンヤンを訪れた時は私たちにぴったりとくっつき、体に触れ、側にいたがった。母も私もいつもソナの手を握っていた。顔を見合わせるたびに握った手をぎゅっと固く握りしめ微笑んだ。それは言葉のない励ましだった。言葉にならない愛おしさだった。

ソナは私の次兄であるコナ兄の娘である。コナ兄は最初の結婚で二人の息子（チソン、チホン）を持ち、離婚し、ソナの母であるチョン・ジョンスンさんと再婚した。ソナには異母兄が二人いるわけだ。初婚で、すでに二人の息子（連れ子）がいるコナ兄と結婚したジョンスンさんは、先妻が産んだ二人の息子を実の子のように可愛がった。まだ乳飲み子だった弟を大事に育ててくれた新しい母に対して、兄のチソンは絶大な信頼を寄せた。幼い弟と自分を置いて去っていった実母に対する複雑な感情を、継母であるジョンスンさんへの信望で塗り替えようとしたのかもしれない。そしてジョンスンさんはソナを産んだ。三人の兄たちの各家庭では男の子ばかりが生まれたため、はじめての孫娘の誕生に母は狂喜した。大阪の商店街やショッピングモールを歩きながら、可愛い女の子の服や靴を見ると「ソナにぴったりやな」と買い込んだ。実家の荷造り部屋には、ソナ用物資が積まれていった。

異母妹のソナを、長男チソンはとても可愛がった。年が近くヤンチャな次男チホンはしょっちゅうソナを泣かしたが、泣かされたソナを長兄のチソンが抱きかかえあやすのが常だった。チソンに抱きかかえられるとソナはとても安心した表情を見せた。近所のワンパク坊やたちもチソンに叱られるのが怖くてソナを泣かさなかったそうだ。頼もしい兄たちと両親、そして祖母から送られる日本製のモノに囲まれ、ソナはお姫様のように育っていた。ハローキティが描かれた服を着たソナが走り回ると、周りで見ている大人たちが「祖父母に恵まれたねー」と羨ましがった。

ソナが五歳になった頃、母親のジョンスンさんがお腹の痛みを訴えた。アパート近くの診療所の医師の診断は胃炎だった。胃薬が処方され、それを服用していたという。数日後、ふたたび腹痛を訴えたジョンスンさんは出血しながら倒れた。大きな病院に担ぎ込まれたが、その日のうちに息を引き取った。死因は子宮外妊娠だった。

ピョンヤンからの電話で嫁の死を知った母は、すぐにニューヨークで暮らしていた娘の私に電話をしてきた。私は大学院に入るための英語の勉強をし、バーテンダーのアルバイトをしながら、アメリカのマイノリティーグループについての取材をする日々を送っていた。

「ヨンヒ、コナの嫁のジョンスンが亡くなったんや。詳しいことはアンタが日本に来てから説明するけど、とにかくオモニはピョンヤンに行ってくるわ。そのあいだ、大阪にいてアボジの世話をしてくれへんかな。アボジが毎日泣いて大変やねん。アボジ一人で放っておかれへんし。来週末に新潟からマンギョンボン号が出るらしいから急いでツアーに入れてもらってん。それ乗って行ってくるわ」

とにかく一日でも早く大阪に帰ってこいということだった。私はニューヨークから大阪に飛んだ。

母はピョンヤンに向かう準備に忙しかった。ジョンスンさんの葬儀はすでに済んだらしい。外貨を使い、なおかつ日本からの家族がいたほうが、墓などの手配も順調に進むとわかってのことだった。母はお金の準備をし、息子や孫たち、親戚に渡すお金も用意した。

訪朝の準備で忙しく立ち回る母とは対照的に、父は晩酌のたびに嫁の死を悼んで涙をこぼした。「あんなに偉い嫁はいない。自分が産んでもない孫たちを本当に大事に育ててくれたありがたい嫁なのに。あの若さで可哀想に。俺が代わってやりたい」と言いながらお酒を飲み、涙をポロポロ流した。私はただ父の側にいながら身の回りのことをした。泣くなとも言えず、泣けとも言えず、父の言葉を聞きながらジョンスンさんと交わした少ない言葉を思い出していた。

母はピョンヤンへ飛び、嫁の墓を作って帰ってきた。五歳で母親を亡くした孫娘ソナの寂しさを思いながら、両親は「アイゴ、アイゴ」とため息をついた。

一年後、ジョンスンさんの一周忌に合わせて私と母が訪朝した。ソナが母の墓に水を撒き、亡き母の写真の前で詩を朗読した映像はこの時に撮ったものだ。

小川の水、くねくねとどこへ行く
広々とした、あの海の懐へ行く
わが想い、ふわりふわりとどこへ行く
雲のむこう、恋しい将軍星様へ

――「雲のむこう、恋しい将軍星様へ」より

教科書にある詩を暗記したらしい。悲しみの中にソナの笑顔があった。ソナの気丈さに皆が励まされていた。

亡き母の墓前で詩をうたうソナの声を聞きながら、故人のことを思い出していた。ジョンスンさんはとても素朴な方だった。結婚祝いにと母が日本製のランジェリーを贈ったが、もったいないと一度も身につけずに箱に入れたままタンスに仕舞ってあった。きれいなレースをあしらった肌着を、何度も箱から出して眺めていたという。私が女性用のクルクルドライヤーをお土産に持っていったことがあった。温まったドライヤーのブラシを髪に巻き付けてしばらく待つとくるんとカールができ上がるのを珍しそうに見ていた。「次にピョンヤンに来た時

に使い方を教えてくださいね」と言ったジョンスンさんの言葉が忘れられなかった。その「次」の再会がお墓参りになるとは……。あの時その場でなぜクルクルドライヤーの使い方を教えなかったのかと悔やまれた。結局ジョンスンさんはクルクルドライヤーも使わなかった。

意外なことに、妻を亡くして一年が経ったばかりのコナ兄のもとにはお見合い話がなだれ込んでいた。男やもめになったコナ兄について「あの家は少額でも日本からコンスタントに生活費と愛情溢れるダンボール箱が届く」と噂が広まっていて、嫁ぎたいという女性たちが列を成しているという。すでに三人の子供がいる兄の再婚は難しいだろうと思っていた私は信じられなかったが、実際に「妹が日本から来ているのなら妹にも会っておこう」と私との〝面接〟を要求してくる人まで現れた。「三人兄弟で一番ぶ男の俺がこんなにモテるって笑い話やろ。みんな狂っとる」とコナ兄は白けていた。「ジョンスニには本当に感謝してるんや。息子らを大事に育ててくれて、ソナを産んでくれて」とコナ兄は何度も言っていた。

「この人は私のコモです」

秋も深まったある朝。出勤や登校のために自転車に乗ったり、トロリーバスに乗った人々が行き交うピョンヤンの街を、真っ赤な日本製のランドセルを背負ったソナが父親と手を繋いで歩いている。グレーのタイツの両足首にはミッキーマウスの絵があった。日本から祖母が送ってくれたジャケットやマフラーに身を包んでいたソナだったが、その下には社会主義国家の少年団員としての赤いスカーフもバッジもつけていた。社会主義を身につけた上から、寒さを凌ぐために資本主義をまとっている姿が、ソナを取り巻く環境を物語っていた。

ソナの普段の日課に触れているこの瞬間がありがたかった。道行く人の表情や服装、アパートの外壁や道路の舗装状態など、ソナが毎日のように目にするすべてを記憶したかった。雨上がりの空気やコンクリートの匂い、草木の生え方や空の色まで、ここがソナの故郷であり生きていく場所なんだと思いながら眺めていた。看板が一つもない殺伐とした街の風景は、ヨーロッパの田舎のようでもあった。東京の街中に溢れる下品な商業広告に辟易しながら暮らしている私からすれば、少し羨ましいほどである。

「コモ、道が凸凹してるから気をつけて」

「コモ、車が来てるよ」

街の中を歩きながら、ソナは何度も、「コモ！　コモ！」と呼びかけながら声をかけてくれ

た。ソナは、私に注意を促している風でもあったが、同時に「この、カメラを持ってる不審な女は誰だ」と通報すべきかどうか迷っている道行く人たちに、「この人は私のコモです！不審者じゃありません！」と知らせながら私を守ってくれているようだった。ビデオカメラを持ったコモが自由に撮影できるよう、子供ながらにさりげなく気遣ってくれていたのだ。監視通報体制の中で生きているソナの方が私なんかより遥かに大人に思えた。

ソナが通う学校の校門まで来ると、登校中の生徒がビデオカメラを持った私の周りに集まってきた。男女とも紺色の制服のような服を着ていたが、靴や鞄は色とりどりだった。「あれ写真機だろ？」「ソナのコモだって」と声が聞こえてきた。私が持っているのが写真機だと思っていそうなので、ビデオカメラの側面の小さな画面をひっくり返して子供たちに見せてあげた。動いている自分たちが映っているのを見た子供たちはキャッキャと照れながら喜んだ。

ソナを見送るのはここまで。ソナは「バイバイ」と言って校門の中に入っていった。校舎を目指して走りながら、何度も私の方を振り返った。私と過ごしている非日常から、ソナの日常へと帰っていくようだった。

ギターを弾く新しい母

五歳で実母を亡くしたソナがどれほどの喪失感を抱えているのかは想像するにあまりある。ソナの父親であるコナ兄も妻を亡くしたショックが大きく、押し寄せる再婚話を断っていた。にもかかわらず、日本からコンスタントに仕送りがあるコナ兄には、縁談が途切れなく持ち込まれた。コナ兄は友人に「意地でもしばらくは再婚したくない。ジョンスンほどすばらしい女性はいないはずだ」と言ったらしい。それがまた、妻を心から愛する人だと噂になり、コナ兄の人気を爆上げした。すでに子供が三人もいる男性に嫁ぎたいというほど、外貨〝収入〟がある家は魅力的に見えるのだろうか。結婚希望者には、二〇代の女性もいたという。

　コナ兄が消極的になる一方、小中学校に通う子供が三人となると、母親の役割をしてくれる人が必要なのも事実だった。食糧確保や日用品の準備、子供たちの世話など、従姉妹が家事を手伝ってくれてもいたが、いつまでも頼るわけにもいかなかった。何より、子供たちにとって母親という相談相手が必要だろうとコナ兄は考えていた。「再婚の相手を決めるときは、三人の子供たちの意見を尊重しようと思っている」とコナ兄は私に言った。亡き兄嫁ジョンスンさんの一周忌のために私とピョンヤンに行った母は「男手一つで小中学校の子供三人育てるのは無理やしな。不便なこの国で食材の確保だけでもどんなに大変か。縁があればいい人と巡り会えるはずなんやけど。日本から援助があるからって押しかけられても困るし」と兄の再婚の心配をしていた。

ある日、大阪の実家にピョンヤンから手紙が届いた。コナ兄の先輩にあたる方のお嬢さんを、子供たちが慕っていると書いてあり、コナ兄もまんざらではなさそうだった。オモニはすぐに返事を書いた。

「子供たちが慕っているのなら決めなさい。どういう人にしろ、一緒に暮らしてみないとわからんもんや。船のタイミングを調べて、式の準備をするから。帰国者の家族じゃないなら日本からの援助もないわけやな、わかった。あんたは三回目でも、相手は初婚。小さくても花嫁衣装を着て式をあげないと。花嫁さんと相手のオモニのチマチョゴリは用意するから。オモニに任せなさい」

母は、慣れた要領でブーケを注文し、花嫁と花嫁の母親のチマチョゴリを作る布一式、花嫁の父のスーツ、コナ兄のスーツ、孫たちの服とソナのチマチョゴリまで用意し、ピョンヤンに運んでいった。ピョンヤンの仕立て屋さんに布を渡すと二、三日でチマチョゴリはでき上がる。外貨で払うと何事も早く進むのだ。実は、三男は一度の結婚だったが、長男は二度結婚をし、そして次男のコナ兄は三度目の結婚である。そのたびに日本から結婚式に必要な衣装など一式を運んでいった母だった。

結婚式の当日、ソナは式の最中も花嫁のヘギョンさんにくっついて回るほどヘギョンさんに懐いていた。その姿を見て母は安心したそうだ。

新しい母ヘギョンさんを迎え、家族を作っていこうとするソナ、異母兄のチソンとチホン、そして父親であるコナ兄の結束力は見事だ。この五人は、家族とはお互いの協力によって作り上げられるものだということを本能的にわかっているかのよう。一見亭主関白に見えるコナ兄は、実は私の三人の兄たちの中でも一番子煩悩で、妻や子供たちとフェアな関係を築く人だった。ソナの家族は、血縁でない故に、お互いを尊重しながらチームとして一緒に生きていく覚悟ができているように見える。

父親が音楽家であるヘギョンさんはギターが好きで、私が「日本からのお土産は何がいいですか?」と聞くと「ギターの弦をお願いしてもいいですか。それだけあれば十分です」と言っていた。

『愛しきソナ』の中のヘギョンさんの弾き語り。北朝鮮で流行った歌だそうだが、歌詞もメロディも覚えやすく、ビデオカメラで撮っていた私も聞き入ってしまった。

いつも子どものままの息子たちのために
苦労ばかりの人生を送る私の母さん
笑うよりも涙ばかり流した
その苦労はどれほど多かっただろう

ああ　お母さん
愛する私のお母さん
息子の願いはただ一つ
いつまでもお元気で

もう息子はすっかり大人になったけど
母の心はいつまでも安らかになれない
子どもの頃と変わらず気苦労ばかりで

白くなった母の髪

ああ　お母さん
愛する私のお母さん
あの空が永遠に変わらぬように
いつまでもお元気で

新しい母のヘギョンさんがこの歌をうたうと、その場にいた皆が自分の母を思い出しているようだった。私の父は、一五歳の時に済州島で別れたまま二度と会えなかった祖母を。私の三人の兄たちは、大阪で暮らしながら仕送りに余念がない母を。兄嫁たちは、それぞれの実家の母たちを。ソナの異母兄チソンとチホンは、自分を置いて去っていった実母と、その後自分たちを育ててくれたソナの実母であり自分たちの継母であるジョンスンさんを。ソナは、五歳で亡くなった実母のジョンスンさんを。

なんて普遍的な歌なんだろう。世界中の言葉に訳して歌われてもいいと思った。

必死の電話

日本では北朝鮮のことを「近くて遠い国」と言ってきた。おそらくは国交がないから、情報が少ないから、人が自由に行き来できないから、などの理由だろう。漠然とした大雑把な言い方だな、と前から思ってきた。

実際に彼の国に家族が暮らしている身としては、「近くて遠い国」と感じる理由はもっと具体的である。距離的には近いのに、郵便も人の往来も直行ではないため時間がかかる、ということはお金もかかる。一番わかりやすい例が電話ではなかろうか。

兄たちが「帰国」した後、最初の頃は手紙だけが連絡手段だった。それが、八〇年代に入り北朝鮮からコレクトコールで電話が来るようになった。国際電信電話局まで行き、交換手を通して日本にいる相手に国際電話を受けるかどうかを確認してもらい（金額を払うかどうかの確認でもある）、OKが出れば交換手が繋ぐ、という方法である。そのコレクトコールもだんだん音がクリアになり聞きやすくなっていった。そしてピョンヤンの自宅からコレクトコールをかけられるようになり、そしてコレクトコールではなくピョンヤンの自宅から直通で国際電話をかけられるようになり、そしてついには日本の自宅からピョンヤンの自宅に直通で国際電話がかけられるようになったのだ。はじめは音も質が悪く聞きにくかったが、それも次第に改善されていった。ここまでのことが八〇年代に起こっていたのである。

九〇年代になって状況が変わり、ピョンヤンの家族と直通の国際電話ができなくなった。通信局からのコレクトコールは可能だったが、人民班の人に同行してもらわなければならないとかルールが変わったらしく、いろいろと不便になった。深刻な飢餓のために人が死に、日本から仕送りがある家の生活も困難を極めるような時期だった。はっきりとした理由はわからない。

もちろん、電話も手紙も盗聴や検閲があるという前提で話したり書いたりするので、込み入ったことを伝え合うためには、日本から訪朝するしか方法がないのだが。子供たちを北朝鮮に送った親たちにとって、たまに聞く子供や孫たちの声は、生きる張り合いになるくらい大切なものだった。電話代は約一〇分で五千円くらいと高額だった。私の母は電話をかけるたびに兄一人ひとりと、兄嫁一人ひとりと、孫たちと話したがった。聞くことは皆に同じく「元気?」「体調は?」「必要なものは?」「薬は飲んでる?」などだった。電話代が嵩むから早く切るようにと私や父が横で言っても聞かなかった。ピョンヤンとの国際電話は、母にとって生きるための充電だった。兄たちは申し訳なさそうにコレクトコールをかけてきたが、母は喜んで長電話をした。

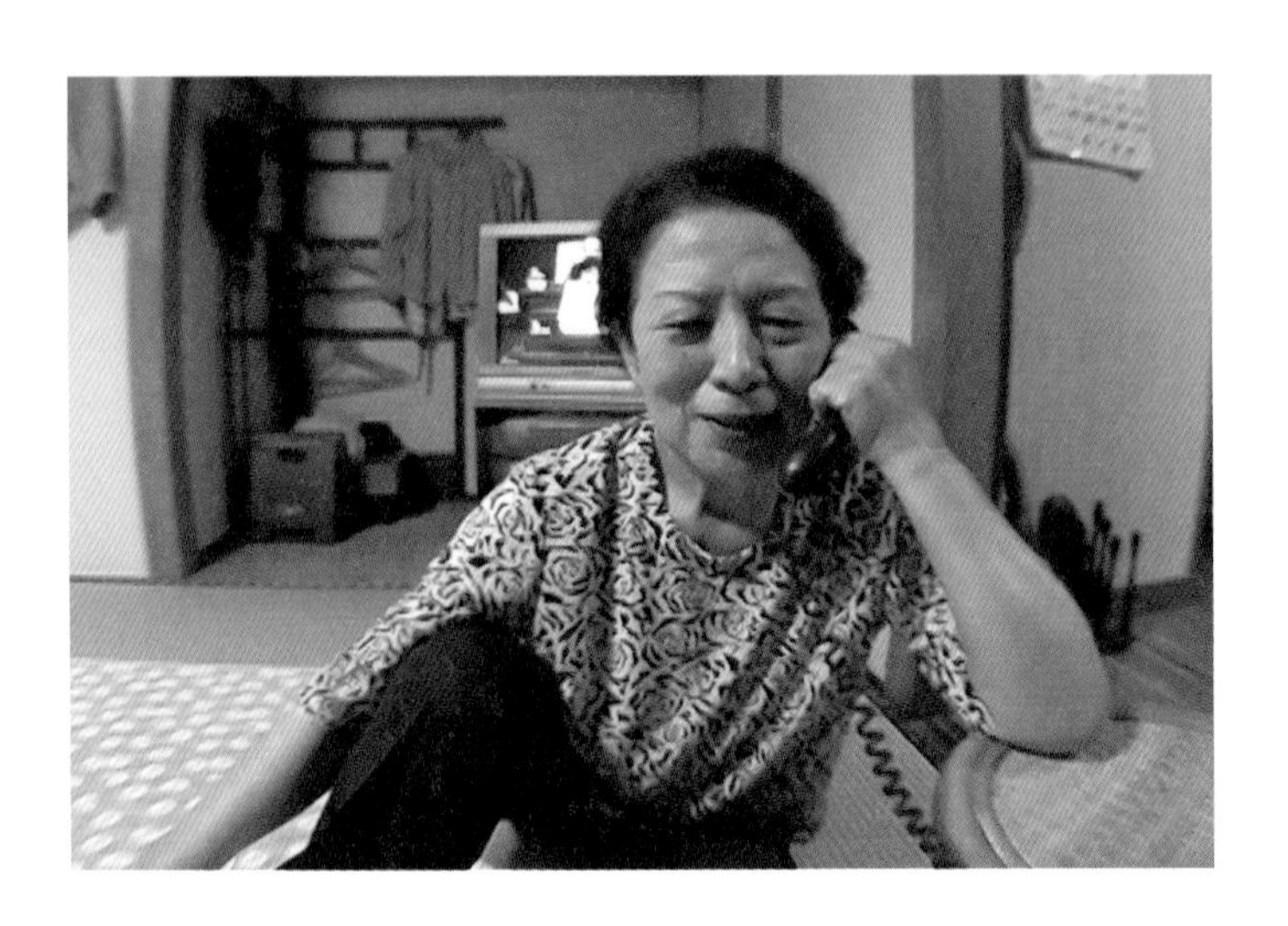

『愛しきソナ』に、両親が長兄のコノ兄夫婦からのコレクトコールを受けて話しているシーンがある。躁うつ病（双極性障害）を患っているコノ兄が電話をかけてくるということは、体調が良い証拠であるため、母はとても嬉しそうだ。そして父は兄嫁への感謝を惜しまない。

父：とにかくすべてを任せて申し訳ないと思っている。国交正常化が実現すれば、お互い行ったり来たりしような。

母：コノが元気ならオモニも元気。わかるんやで、テレパシーでパッと来るんやから。コノが辛い時はオモニは絶対に夢見るから。オモニが気分ええ時は、あ、コノも気分ええんかなって思うし。親いうたらそういうもんやねん。また政治的状況が好転したら、飛行機ですぐに飛んでいくし。何年後か、アボジの葬式は寂しくしないから、ハハハ。

母も父も電話ではスーパーポジティブなことだけを言っていた。少しでも気持ちが前向きになるよう、日本にいる両親は必死にピョンヤンにいる子供たちを励ました。

最後の挨拶

二〇〇五年九月は四年ぶりのピョンヤン訪問だった。「家族訪問」というと嬉しい再会のようだが、滞在期間のほとんどの時間が、その前年に脳梗塞で倒れた父の状態についての説明に終始した。躁うつ病を患っている長兄コノに代わって、次兄のコナに知ってもらいたかった。日本での介護について北朝鮮で暮らす家族に伝えるのは簡単ではなかったが、医療保険や介護体制などについて心配しすぎないように説明した。同時に、父の入院生活を完璧にサポートしようとがんばりすぎている母のことが心配だと打ち明けた。私が兄たちに説明しているあいだ、甥っ子たちや姪っ子のソナも耳を澄まして聞いていた。皆が「ヨンヒ一人に親の世話をさせて申し訳ない。自分たちの分までがんばってほしい」と何度も私に言った。そのたびに「私は全力でがんばっているから、これ以上がないほど無理をしているから、お願いだからたやすく〝がんばれ〟と言わないでほしい。その言葉が本当に負担で押し潰されそうで。私に対する励ましの手紙も一切送らないでほしい。励まされるどころか、重圧で苦しくなるから」と率直に吐露した。思わずうなだれた私の頭を、中学生のソナが撫でてくれた。何も言わず手を握り頭を撫でてくれるソナだった。

もう一つ大事な話は、今までの訪朝で私が撮影してきた映像をすべて集めて、家族のドキュメンタリー映画を完成させたということだった。以前も家族のドキュメンタリーを作るつもりだと話してはいたが、この訪朝の直前に『ディア・ピョンヤン』が完成したため、出演者となる兄たちに話す必要があった。すでに釜山国際映画祭での上映が決まっていた。映画祭や映画について熱く語る妹を見ながら、兄は「お前がやりたいことをすればいい、俺たちの心配はするな」と言ってくれた。言葉が出なかった。兄に対する感謝と、罪悪感と、理不尽に対する怒りと、そして新たな決意とが心の中で入り混じった。「妹が映画監督として韓国に行くわけだ。がんばれよ」と兄は言った。

日本に帰国する前日、ソナがホテルを訪ねてきた。明日は学校で大事な試験があるため日本に向けて出発する私を見送れない。皆より一足早く別れの挨拶に来たという。ソナは少し寂しそうだった。前回の訪朝時は赤いランドセルを背負った少女だったのに、いつの間にか受験校で有名なピョンヤン外国語大学附属中学の学生になっていた。毎日のようにテストがあり、予習復習が大変だという。一緒にホテルに来たコナ兄（ソナの父）も「ソナは勉強ばかりしている」と言っていた。

ホテルを出て散歩することにした。ピョンヤンホテルからテドンガン（大同江）の遊歩道をしばらく歩き、ピョンヤン大劇場前の広場に着いた。大劇場の階段に腰を下ろしソナと向き合った。ビデオカメラをソナに向けながら他愛のない話をした。

演劇や歌劇が上演される劇場の前だった。ソナも何度か来たことがあるという。私は、自分がソナと同じ年の頃から演劇に夢中だったと話した。ソナは「演劇に興味がない」と言いながら、つまらなそうな顔を見せた。かと思うと、急に何か思いついたように声をひそめた。

「コモ、カメラ切って！ Shut down! Shut down!」

いきなりソナがカメラを下ろせと言った。何か内密で深刻な話でもするのかと、心臓が止まりそうなほど緊張した。私はカメラを下ろした。いったい何を言い出すのか想像もつかなかった。

「コモは今までどんな演劇を見てきたの？」

ソナは好奇心に満ちたいきいきした表情で私に訊いた。

私は耳を疑った。あまりにも普通すぎて事件性のない問いに拍子抜けした。こんな質問のためにこの子はカメラを切る必要があると判断したのか。たかが演劇に関する会話が、録画されると問題になるかもしれない、とこの中学生は考えたのだ。思春期の少女がそこまで畏縮しながら生きていく監視体制とはどういうものか。こんなにもセンシティブに状況を意識しているソナにカメラを向け続けた自分の無神経さが恥ずかしかった。彼女が生きる社会の理不尽な厳しさを想像し暗澹たる思いだった。

感情的にも感傷的にもなりたくなかった。ソナと過ごせる最後の時間を楽しい会話で埋めたかった。私は気を取り直し、中学生だった七〇年代の大阪と東京、留学した九〇年代以降のニューヨーク、ブロードウェイで見た演劇やミュージカルの話をした。ソナは目を大きく開いて私の話を聞いていた。演劇やミュージカルは実際に見てこそで、聞いただけではわからない。そんなことはどうでもよかった。ビデオカメラで撮れないこの時間がとても大切だった。

ソナが私をピョンヤンホテルのロビーまで送ってくれた。ロビーで別れの挨拶を交わしたが、離れることができずお互いの手を握ったまま時間が過ぎた。

「コモがまたすぐ来るから。次にピョンヤンに来た時に、もっとたくさん話そうね。ソナとずーっとくっついてるから」

ソナは、「アンニョン！」と何度も言いながらホテルのドアまで行っては戻ってきた。今度は私がソナをホテルの前まで見送ることにした。

ソナを追い返すように行かせた。父と一緒に歩き出しながら、ソナは何度も私の方に振り向き、手を振った。

二〇〇五年九月。これがソナとの最後の別れになった。

ドキュメンタリー映画『ディア・ピョンヤン』発表後、私は映画に対する謝罪文を書けと総連から言われた。当然拒否した。その後北朝鮮への入国が禁じられ、家族に会えなくなったまま今に至っている。

毎日ちゃんと食べて、
少しでも笑う

「がんばって病気を治して家に帰ろう。家族に会いにピョンヤンへ行こう」という合言葉は、父を励まし母を勇気付けはしたが、現実的には夢物語だった。脳梗塞に倒れ左半身不随で寝たきりになった父の病状は、予想以上に重かった。医師は「自宅での介護は無理だろう」と言った。西日本、いや日本全国でも有名なリハビリ専門病院に父を入院させたが、医師たちの結論は同じだった。三ヶ月という期限付きの治療を終えた父は、在日同胞の医師や看護師がいる地元の総合病院に移った。状況を把握した病院は、父を最後まで看てくれると言ってくれた。

父を家に連れて帰れないかもしれないと知った母は、父の病室を居心地良いところにしようと決めた。西日が強すぎる窓には病院のカーテンに重ねてもう一枚のカーテンをつけた。父のベッドには大小たくさんのクッションを用意し、父の寝る姿勢を自由に変え、褥瘡(じょくそう)ができないように細心の注意を払った。父が好きな韓国の懐メロをいつでも聞けるようにCDとデッキも用意した。自分の家のように毎日床を拭き、埃一つない病室になった。掃除担当の職員さんが来るたびに恐縮して帰ったほどだ。

母の献身的な看護は病院でも有名だった。朝食は看護師が父に食べさせるが、昼食と夕飯はかならず母が食べさせた。病院食だけでは父が可哀想だと、味噌汁やナムル、果物を家から運んだ。病院のおかずは残すのに、母が作ったスープやおかずは平らげる父を見て、母は嬉しそうだった。病院の介護士さんたちが父のオムツを替える時も母はニコニコして手伝った。オムツを嫌がって機嫌が悪い父だったが、父が小便や大便を済ませているのを見るたびに「がんばったね～」と母が褒めるため、次第に機嫌がなおっていった。痒いところに手が届く、というレベルで父の世話をした母だったが、父の自尊心を傷つけないよう気遣うのも忘れなかった。


ある日、父のオムツ交換が終わった時に私が病室に入った。用を足したオムツを外し、新しいオムツに替えてくれた介護士さんたちが父にパジャマのズボンをはかせようとした時、

「あとは大丈夫です」

と母が言った。

「オムツで蒸れて痒いみたいやから、ちょっとアボジのおチンチンに風を当ててあげよう思うんやけど、あんた手伝ってくれるか？」

そう言って、母がお湯で絞ったタオルで父のおチンチンの周りを拭き始めた。

「はいは～い」

と言った私は、父のおチンチンをひょいっとつまみあげ、団扇で風を送った。娘の行動に、母だけではなく、されるがままの父も少し驚いた様子だった。

「気持ちいい？　そら蒸れるよね～」

と言って私は団扇を揺らし続けた。

「チョーッスムニダ（たいへんよろしい）！」

父は気持ちよさそうに微笑んでいた。


父の入院生活が長引くにつれ、母と私は父の前でピョンヤンにいる息子や孫たちの話をしなくなった。もう一度会える可能性が少ない家族の話をするのが残酷に思えたからだ。三人の合言葉から「家族に会いにピョンヤンに行こう」が抜け、次第に「家に帰ろう」も言えなくなってきた。ただ「がんばろな」と言って父を励ました。父がそのことに気づいていたかどうかはわからない。父も息子や孫の話をしなくなった。毎日ちゃんと食べて、少しでも笑う。それが日本にいる家族三人の目標になった。

父は、自分の視界から母が見えなくなると「オモニ、オモニ」と呼んだ。妻を呼ぶ父の声

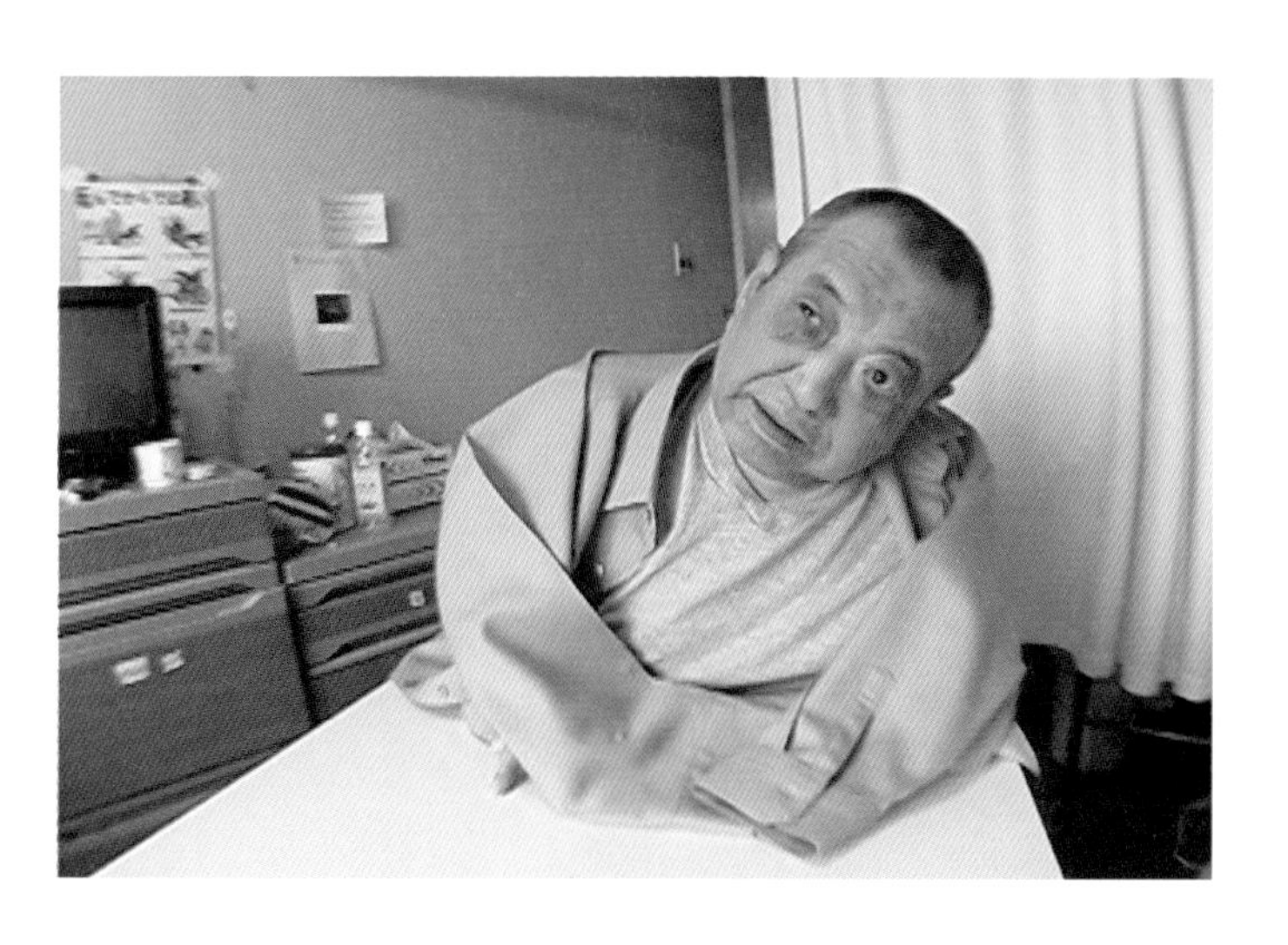

は、ときおり、自身の母親を呼んでいるかのようだった。一五歳で済州島から日本に渡ってきた後、親の死に目に会いにも故郷へ帰れなかった父が、亡き母を呼ぶようにも聞こえ、切なかった。

献身的に父に尽くす母の姿は私に多くを考えさせた。両親の信頼の厚さと母の愛の大きさは感動的ですらあったが、自分の将来を考えたとき、私はますます一人で生きていきたいと思うようになっていた。誰かのためにあんなに尽くすこともできないし、誰かが私のために〝犠牲〟になるのも怖かった。どうすれば一人で生きていけるだろう。そればかりを考えていた。

父の隣に添い寝して

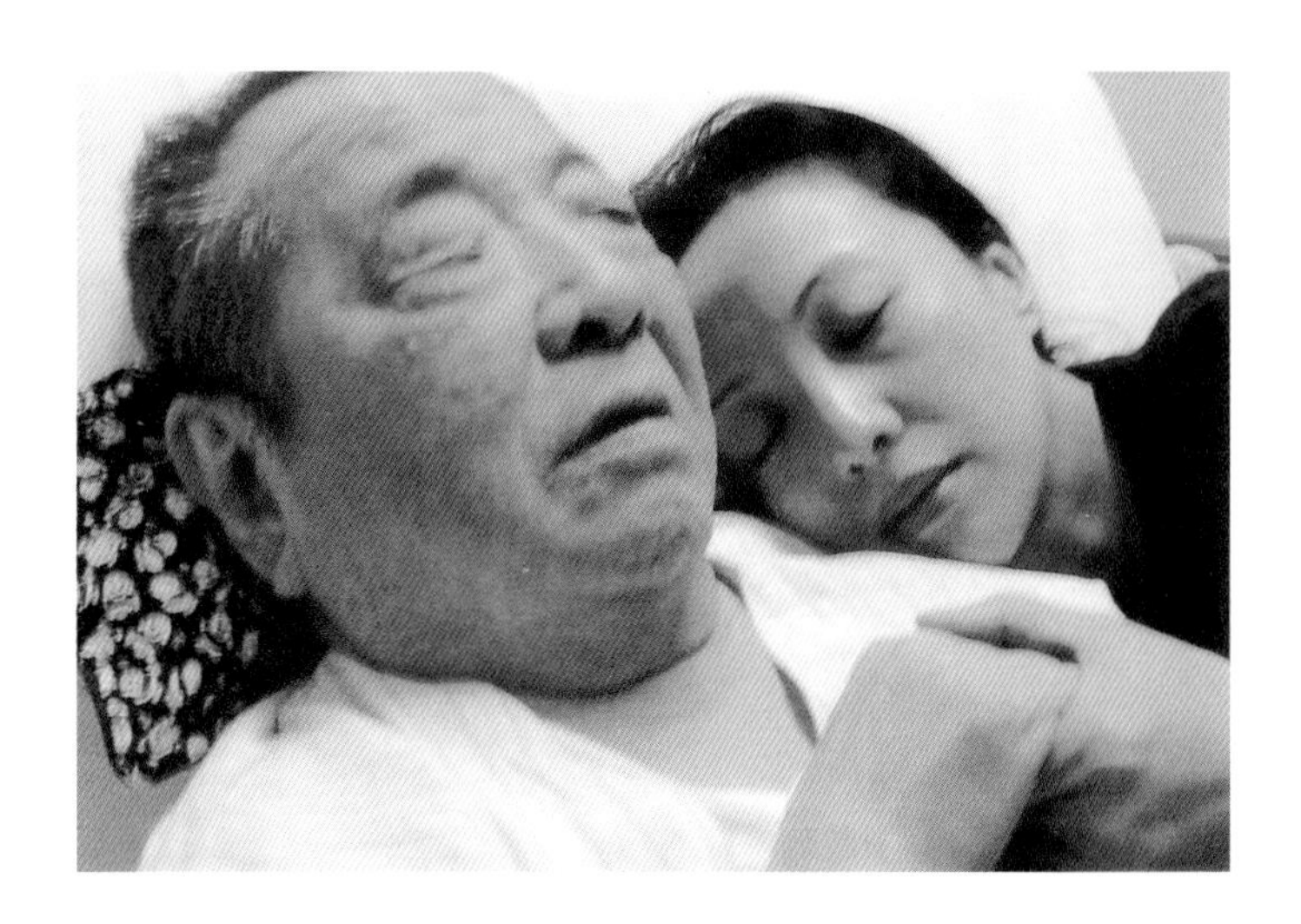

脳梗塞で寝たきりになった父の入院生活は五年半にも及んだ。最初は「がんばって病気治して家に帰ろな、家族が待ってるピョンヤンに行こな」と励ましていたが、長引く入院生活に父の生きる気力が衰えていった。毎日病院に通う母と、毎月東京から来る娘に迷惑をかけていると思い始めたらしい。家族の重荷になっているのではないかという不安は、それならいっそ死んでしまいたいと父に考えさせてしまうようだった。思い通りに動かない体に痛みが走る時、父は「殺してくれー」と叫ぶようになった。父の叫びは母と私を戸惑わせ、どういう説得をすればいいのかと悩ませた。

母と私が父の病室にいる日だった。父が「もうええやろ。殺してくれ」と言った。母は「何アホなこというてんのん」と言って、洗濯物を持って病室から出ていってしまった。父は「なんで死なせてくれへんねん。こんな体になって、なんで死んだらあかんねん」と私を問い詰めた。私は言葉に詰まった。父を説得できる答えが見つからなかった。父は少し興奮しながら真剣な顔で私の答えを待っていた。

しばらく考え込んだ私は、

「アボジが死んだら、ヨンヒがアボジ！って呼ぶ人がおらんようになるやん。そしたらヨンヒが寂しいやん。ヨンヒのアボジは一人だけやのに。アボジの代わりはおれへんのに。アボジが死んだらヨンヒが困るの。だから、ヨンヒのためにもう少しがんばってほしいの」

私は父に向かって必死に訴えた。

「そっか。わかった」

と父が言った。そして、うわーっと大きな声を出して泣き出した。数年間のストレスが一気に噴き出したような声と涙だった。私も一緒に声を出して泣いた。

その日から、アボジのベッドに上がり込み、隣に添い寝して昼寝をするようにした。自分のベッドに上がってくる四〇過ぎの娘を見て、父はそれまでにないほど喜んだ。

それ以降、父は「殺してくれ」と言わなくなった。

3 すべての行為は祈り

記憶の糸を
手繰り寄せるように

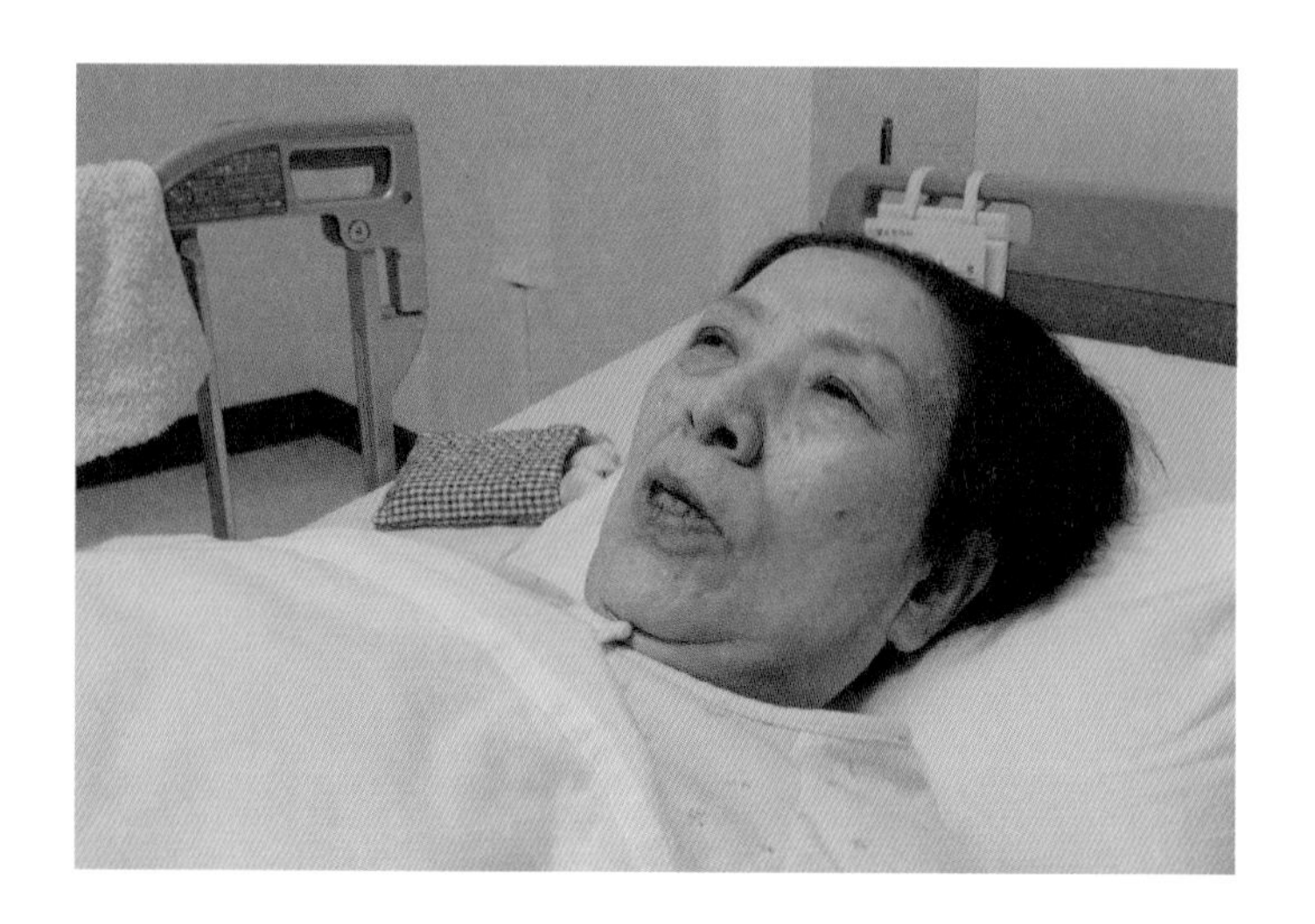

怖かったで。あっちこっちから射撃の音がバーン！　バーン！て。済州島のオモニたち、たくさん殺されたで。学校の運動場に強制的に引っ張っていって、皆を並べて、機関銃でダダダダダー。めちゃくちゃや。

――『スープとイデオロギー』より

『スープとイデオロギー』の冒頭。入院中の病室のベッドに横たわった母が、済州四・三*の体験を語り出す場面から映画が始まる。母はこの時、唐突に、生々しく、一九四七年三月一日にクァンドクチョン（観徳亭）で見たこと、一九四八年四月三日以降に起こった村での殺戮、残酷な殺され方をした母の伯父とその息子について語っている。母は済州四・三を生き延びた生存者であることを強烈に印象付けて映画が始まる。

二〇〇四年に父が脳梗塞で倒れ入院生活が始まった頃から、私と母が二人で過ごす時間が多くなった。大阪の実家に来るたび、私は母と布団を並べて敷き、夜遅くまで母の昔話を聞くようになった。父との馴れ初め、新婚当時の生活、息子たちを北朝鮮へ送った時の本当の気持ち、そして一五歳から一八歳のころに済州島で過ごしたことなど。

二〇〇九年に父が亡くなった後、大動脈瘤が見つかった母は、入退院を繰り返すようになった。父の介護をしていた頃とは別人のように弱気になっていった。私は東京から頻繁に大阪に通い母の通院に付き添い、母が入院するあいだは大阪の実家に泊まり込み病室に通った。

体力が落ち気弱になった母は、

「あとどれくらい生きてられるんやろう？　もう息子や孫たちには会われへんのかな？　日本にあんた一人っきりになったら可哀想やな」

とネガティブなことばかり言うようになった。

「オモニの人生最後の仕事はな、今まで語らなかったことを私のカメラの前で話してくれることやで。そしたら、オモニが死んだ後、孫や曾孫がおばあちゃんの人生を知ることができるやん。息子を北朝鮮に送った時の本当の気持ちや、ピョンヤンに行くたびに思ったことでも何を話してくれてもいいよ。オモニの歴史を残そうよ」

「あんた、それカメラで撮ってオモニの映画作るか？　早よ作ってくれなオモニ見られへんな。頼むで！」

「わかった。オモニの映画作るわ。夫婦で一本ずつ主演ドキュメンタリーがあるってすごいな、面白いやん」

母を元気付けるために映画制作宣言をしてしまった私は、とにかくビデオカメラで撮影を始めた。母の思い出話だけで映画ができるとは思えなかったが、母のために時間とお金を使って大阪に通い続けるためには、別のモチベーションが必要だった。親孝行なふりをして大阪に通うには限界があった。

奇しくも母は済州四・三に関する具体的な記憶を語り始めた。

「前にちょっと済州四・三のこと喋ったやろ。その後に夢も見たけど、ちょっとずついろいろ思い出してんねん」

記憶の糸を手繰り寄せるように母は慎重に語り出した。

以前、断片的に済州四・三を語り始めた頃は、少し話してはやめ、また話そうとするがやめ、の繰り返しだった。

「この話は誰にも言うたらあかん。四・三は特別や。絶対に知られたらアカン。恐ろしいことになるんやで。アンタらにはわからん、もう聞かんとき」

と、まるで誰かに監視されているような、盗聴でもされているような警戒の仕方だった。

私は母に、民主化を実現した韓国がいかに変化したかを説明した。済州島には済州四・三平和公園があり、犠牲者や行方不明者の墓地があるということ、四・三平和記念館では住民虐殺について後世に伝えようとすばらしい展示がなされていること、大統領も過去の過ちを認め、新しい法を作り、犠牲者と遺族の名誉回復に取り組んでいることなどを話した。民主化という言葉は聞いていたものの、母はかつての軍事独裁政権の印象で韓国を見ていた。

「韓国がそんなに変わったんかいな。へ〜」

「だからオモニ、本当にもう喋っても大丈夫やねん」

と私が言うと、少しずつ、長年蓋をしていた記憶について語りだした。一九四八年四月三日にハルラ（漢拏）山から火の手が上がったのを見たこと、親しかった友人とガソリンを運んだこと、医師だった婚約者が武装隊に加わり山で死んだことなど。記憶が記憶を呼ぶとはこういうことかと私は驚いた。

済州四・三についての母の語りは、なぜ大阪に済州島出身者が多いのか、鶴橋とはどういう場所なのかも教えてくれた。まさか、母のカラオケ友達の高おばさんが済州四・三の生存者だとは。

「高オモニは私なんかよりもっと酷い経験してるんやで。だから韓国を支持する旦那さんと喧嘩してでも総連婦人部の活動がんばるんや。旦那さんが反対したけど子供らを朝鮮学校に入れたし。歌は下手やけど、信念は真っすぐな人や」

母の言葉は目から鱗だった。人の選択にはすべて理由があるということを再認識させられた。高おばさんはすでに亡くなっていた。

「今頃あのオモニが生きてたら、ヨンヒ、私の映画も作ってって言いそうや。ほんまにええ人やったのに死んでしもうて。あの韓国好きな旦那さんは生きてるけど」

母の話を聞きながら、高おばさんの旦那さんの選択にも理由があるのだろうと思った。

母の証言の貴重さは撮影が進むほどに痛感していた。ただ、それだけで長編映画を作るのは無理だと判断もしていた。とりあえず撮り溜めて短編映画にでもなれば、母との約束を果たせるかな、とぼんやり考えていた。この時はまだ、母の映画にもう一人の主人公が現れるとは夢にも思っていなかった。

＊済州四・三

一九四七年三月一日、済州島の観徳亭前広場で、警官による発砲により市民が犠牲になる事件が起きた。この「三・一事件」に抗議してストライキを行う島民を、米軍を後ろ盾にした当時の政権は「アカ（共産主義者）」とみなし、抑圧を強めていく。

その後朝鮮半島の南側だけで選挙を行うことが決定されると、分断を決定づけることだとして反対の声が島内で大きくなる。そして一九四八年四月三日、漢拏山を拠点に武装蜂起した島民たちとの武力衝突が起きた。七年余り続いた一連の鎮圧作戦により、約三万人が犠牲となり、島の九五％が焦土と化した。

在日朝鮮人のなかには四・三事件の際に済州島から逃れて日本へ渡った人々が数多くいる。

細胞に染み込んだ歌

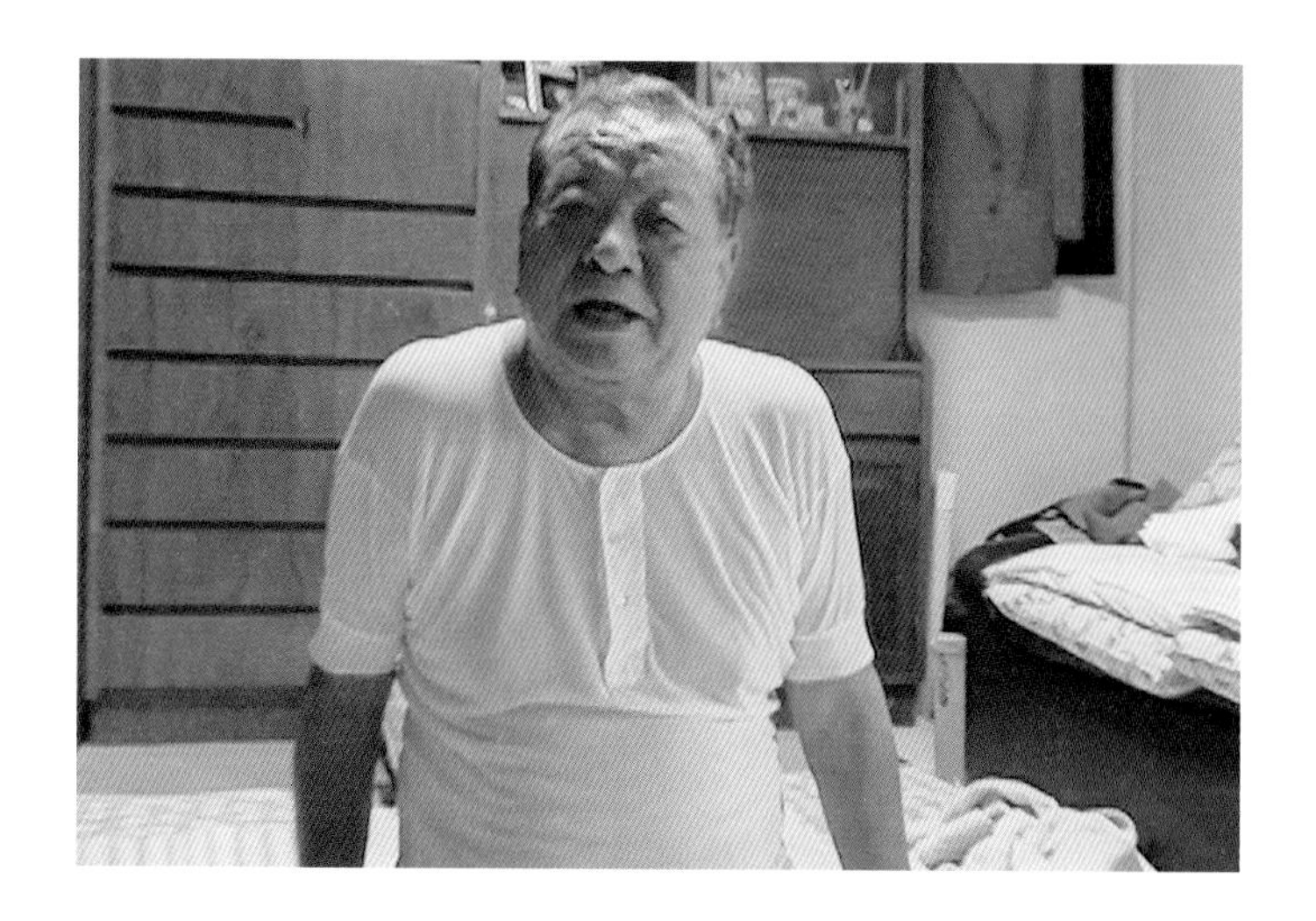

父は歌が好きだった。それもそのはず、父が一五歳までを過ごした済州島では「のど自慢大会」に出場し準優勝になったとか。優勝した人はソウルに行き、歌手デビューを果たしたそうだ。歌手になるのが夢だった父は挫折し缶詰工場で働いたが、先に大阪へ渡った二人の兄たちを頼って「君が代丸」に乗ったという。「何者かになりたい」と夢見た島の少年は、異国の地で故郷を想うたびに歌をうたった。

『スープとイデオロギー』冒頭で父が歌う「済州島自慢の歌」。私はこの歌を、済州島民だけではなく韓国人なら誰もが知っているくらいに有名な歌だと思っていた。私が韓国籍を取得し、ソウルや済州島に行き始めた二〇〇四年以降、会う人ごとにこの歌を知っているかを聞いてみた。驚くことに、ソウルはおろか済州島で出会った人たちもこの歌を知らなかった。口承で伝わってきた歌なのだろうか？　インターネット上で検索した時もなかなか見つからず、『スープとイデオロギー』翻訳字幕担当のスタッフが探してくれた。広く知られている歌ではないらしい。父はどこで覚えたのだろう？　どこで誰に教わった歌なのかを確かめなかったことを今になって後悔している。

日の出は城山、夕日は沙峰

霊室（ヨンシル）、山房（サンバン）に名勝あまた
漢拏山（ハルラサン）にかかる白雲よし
やーれ、いいなあ、済州島（チェジュド）よ
栄える農民、富める済州
あの家、この家、笑い声あふれ
島国この地は住むもよし
やーれ、いいなあ、済州島よ

――「済州島自慢の歌」

家での晩酌。休肝日がなかった父は毎夜の晩酌で酔いがまわると歌をうたった。父はまず北朝鮮の歌、そして朝鮮総連の歌をうたった。

父：これ、見えるかな？

日本の地のあちこち　我ら同胞が住む所に

誇らしい総聯組織　堂々と構えて
祖国の為、権利の為　あらゆる犠牲を顧みず
知恵ある活動家達が　団結して働きます

首領様の尊い教示　心から奉じて
事業する我らの誇りは限りなし

――「我らの誇り、限りなし」

父が歌うと母は手拍子をし、自然に歌に加わった。台所の食卓を挟んで夫婦が笑顔で歌をうたうのは特別なことではなく、我が家の日常だった。私は両親の仲の良さに呆れ、自分が歌うのを指名されないうちに部屋に逃げるのが常だった。お互いを尊敬し慈しむ両親の姿は羨ましくさえあったが、己の個人崇拝には疑問を抱かず、他人が属する宗教などを絶対に認めない態度に疑問を感じていた。家でさえ政治的志向が顕著な歌をうたう両親の姿は、良く言えば裏表がない純粋な実直さに思えたし、悪く言えば視野の狭い盲信者にも見えた。

金日成や朝鮮労働党に忠誠を尽くす信念を歌った後、続いて父が歌うのは「イムジンガン（イムジン河）」、そして「統一の歌」だった。だいたいこの頃には涙目になっている。その後、さらに酔いが回ってくると故郷にちなんだ「済州島自慢の歌」をうたい、韓国の懐メロ「モッポエ ヌンムル（木浦の涙）」と続いた。父は本当に「木浦の涙」が好きで、毎晩のように歌っていた。この歌をうたう時の父が一番「素」に見えた。「木浦の涙」を歌う時の父が好きだった。

人は幼少期に繰り返し聴いた歌を忘れないようだ。私も小学校の時に毎日テレビで聴いた歌謡曲を今でもよく覚えている。アイドル歌手の歌などは振り付けまで鮮明に記憶していて、正確に踊れるほどである。何度も繰り返し聞かされたフレーズやメロディは細胞に染み込むのだろうか。昔のテレビのコマーシャルソングが勝手に口から出てくる時もある。

父にとっての「細胞に染み込んだ」歌は、済州島で覚えた昔の歌謡曲なのだろう。日本に渡り大阪の猪飼野で同胞たちと過ごしながら故郷の歌をうたったに違いない。その後、在日の人権運動に参加し、政治運動に没頭しながら「インターナショナル」を覚えたのだろうか。一九五五年の朝鮮総連結成後には北朝鮮を称え、総連の活動を自負する歌にまみれながら過ごす人生を送った。細胞に染み込んだ歌ではなく、頭で覚えた歌を長年うたったわけだ。

二〇〇四年、父は脳梗塞で倒れた。脳の一部が壊死し、全体が萎縮した。寝たきりになった父の左半身は麻痺し、固まり、動かなくなった。父の精神的なケアとして音楽を聴かせようと、病室にCDプレーヤーを持ち込んだ。北朝鮮の歌、朝鮮総連の歌にまったく反応を示さなくなった父は、韓国の昔の歌謡曲を聴かせた時だけ笑顔を見せた。歌詞を思い出せなくとも、崩れた音程で「木浦の涙」を歌おうと声を発した。母と私も一緒に歌った。私は父の手を握り、母は手拍子をした。いつの間にか、韓国の懐メロだけが父と共有できる歌になった。五年と半年の闘病生活のあいだ、何度三人で「木浦の涙」を歌ったことだろう。いつの間にかこの歌は、私の体の中に染み込んだ歌になった。

母、二〇歳

一〇代までの写真は一枚も残っていないオモニの一番若い頃の写真である。昔から「オモニの子供の頃の写真は？」と私が聞くと「そんなんあるかいな、写真どころやあらへんかったわ」と笑い、それ以上を語ってくれなかった。貧しくて写真どころじゃなかったのか、写真を撮られるのが嫌いだったのか、と私なりにいろいろと理由を考えてみた。しかし私が知るオモニは写真を撮るのも撮られるのも大好きな人だった。昨今のインスタ映えを狙う人たちのように、夫と子供たちにカメラを向けてはポーズを指示し、幸せ感溢れる笑顔を要求した。でき上がった写真でアルバムを作るのが大好きだったオモニを思うと、一〇代の頃の写真が一枚もないのが不思議だった。

存在したかもしれないオモニの子供の頃の写真は一九四五年の大阪大空襲で焼けてしまったのかもしれない。空襲を避けて大阪から済州島に疎開する途中で失くしてしまったのかもしれない。もし済州島で過ごした三年のあいだに撮った写真があったとしても、一九四八年から始まった済州四・三の嵐の中、恋人や友人たちと撮った写真を燃やさなくてはならなかったかもしれない。済州四・三の殺戮から逃れるため、日本に向かう密航船に乗ろうとチョチョン（朝天）面を目指したオモニ。幼い妹を背中におぶって弟の手を引くオモニは、警察の厳しい検問をくぐりぬけるため、家の近所を散歩する姉弟を装った。荷物も食べ物も持たず手ぶらで出発し、エウォル（涯月）面からチョチョン面の港まで三〇キロ歩き、夜明けに密航船に乗り、到着した日本の港で警察に囲まれたものの、日本人に助けられて大阪にたどり着いた。写真どころではなかったはずだ。

この写真の頃だろうか。オモニがアボジと出会う前、祖母と母がチマチョゴリを着て大阪の街を歩いていると、見知らぬ男に真っ黒なインクを掛けられたことがあると何度も聞かされた。母と祖母が独立記念日の集会に参加して家に戻る途中の出来事だった。白地のチマチョゴリが一瞬にして真っ黒になり、母の顔にもインクが飛び散った。オモニは衝撃で声も出ず、その場で固まったまま立ち尽くしていた。怒りに震えた祖母が「ああー！」と大声で叫ぶと、犯人は「朝鮮人が偉そうに！」と捨てゼリフを吐いて走って去っていった。

「泣いたらアカン。しっかりしなさい。胸を張って歩いて帰るで」

祖母の言葉で正気に戻った母は、顔や手、チマチョゴリに黒いインクを被ったまま家まで歩いた。朝鮮半島が独立した一九四五年以降に、母が生まれ育った街で起こった事件だ。

「どんだけ腹立ったか。周りに男の人もおったのに、誰も助けてくれへんし。あの犯人、笑いながら逃げよったわ」

拳をぎゅっと握りしめながら当時を思い出す母の目には、悔しさが滲んでいた。

「ハルモニはほんまに強い人やったんやで」

こわばった表情を緩めたオモニが、懐かしそうに言った。会ったことがない祖母だったが、その気丈な姿が目に見えるようだった。

インク事件の後も、集会や冠婚葬祭があるたびに民族衣装を着て電車に乗り、バスに乗り、胸を張って大阪の繁華街を歩いた。在日コリアンが冠婚葬祭で民族衣装を着るのは珍しくはないが、だいたいの場合は行事がある場所へ衣装を持っていき、現地で着替えることが多かった。でもオモニは、家で民族衣装を着て出かけた。

子供の頃、チマチョゴリを着た母と一緒に出かけることがたびたびあった。駅のホームで電車を待っていると、隣に立っていた女性に「きれいですね」と声を掛けられたことがある。「そうでしょ。朝鮮の民族衣装ですねん。大股で歩けるし、楽ですよ」とオモニは誇らしげに大阪弁で説明していた。そんな母の隣に立つ幼い私も、やはりチマチョゴリを着ていた。

母は娘の私に、幼稚園の頃からチマチョゴリを普段着のように着せた。冬はセットン（複数色の縞模様）や鮮やかな色の絹の生地で、夏はチューリップや水玉がプリントされた家で洗濯可能な生地でチマチョゴリを仕立ててくれた。朝鮮学校（小学校）にはスカートとブレザーの制服があったが、色柄モノのチマチョゴリを着て登校するのは自由だった。制服を着たり、チマチョゴリを着たり、私にとってはあまりにも当たり前な日常だった。

「ハルモニがオモニにようチマチョゴリを作ってくれたからな。ハルモニはほんまにチマチョゴリが好きやったわ」

そう言いながら幼い私が着るチマチョゴリを作ってくれる母だった。

二〇歳になった母の写真。母はこの頃に父と出会っている。母が祖父母、弟、妹と一緒に暮らしていた大阪・猪飼野の家の近くに、朝鮮総連の前身となる組織の事務所があり、父はそこで寝泊まりをしていた。事務所に通う青年活動家たちが母の家にたびたび食事に来ていたそうだ。済州島の方言で話し、誰よりも豪快に飲んで食べ、人情味溢れる青年だった父を、祖母がとても気に入ったのだった。祖母の料理を食べに来た父は、母を見たその時に一目惚れ。

お金のない活動家だった父と母のデートは、りんごをかじりながら公園を散歩したり、喫茶店でコーヒーを飲みながら話し込むことだったという。一度だけ、父が母をダンスクラブに誘ったことがあるらしい。お酒も飲めず夜の遊びを知らない母は、父が流行りのダンスを上手く踊るのでとても驚いたと言っていた。数年後、結婚の許しを乞うため父は祖母を訪ねた。

「娘さんを僕にください。結婚を許してもらえなければ、僕は生駒山から飛び降りて死んでしまいます！」

奥で聞いていた母は笑いを堪えるのに必死だった。

「死んだらアカン。しっかり生きてもらわんと」

そう言いながら祖母は大きな声で笑った。

母と父はうどん一杯の結婚式を挙げた。

二〇歳の母の写真。娘ながらに「こりゃ惚れるわ」と思う。

もう一人の主人公

「ヤンヨンヒ監督。不躾なメッセージお許しください。突然ですが、コンサートに行きませんか？」

二〇一六年の春。SNS上でのみ〝話した〟ことのある、でも直接会ったことのない男性からダイレクトメールが届いた。競争率が激しいコンサートや落語のチケットを執念でゲットする、音楽が好きな知り合いの友人、と認識している人だった。ボブ・ディランとエリック・クラプトンのチケットがあるので選んでほしい、もちろん両方でもいいという簡潔なメッセージは、久しくコンサートに行っていない私の心を掴むのに十分だった。二ヶ月先のコンサートに誘ってくれているのを見ると、余ったチケットを手当たり次第売ろうとしているのでもなさそうだ。「ナンパ？ からかわれてる？ 会ったことのない人とコンサートなんて」と一蹴するには魅惑的すぎるセレクションだった。スケジュール帳を見ると、エリック・クラプトンよりも心そそられるボブ・ディランの日が空いていて、思わずガッツポーズ。相手がどんな人なのか詳しくは知らないが、私の作品のファンであり、知り合いの在日コリアンの友人のホームパーティーに招かれる日本人男性であることくらいはFacebookを通して知っていた。隣に座って二時間ボブ・ディランを聴くだけなら害はないだろう、と承諾の方向ながら前のめりすぎない返信を試みることにした。以前SNS上での会話でジャズについてやり取りしながら、トム・ハレルがすばらしいと盛り上がった記憶がある。「いつかブルーノート東京で偶然会えるかもですね」と私が言った覚えがあった。音楽の趣味が合う友人が増えるのは嬉しいし、チケット争奪戦をスキップしボブ・ディランを生で聴けるチャンスを逃したくはなかった。気軽な誘いに対し難しく考えすぎるのもバカバカしいと思い、勢いが肝心！えいっ！とダイレクトメールに文字を打った。

「ボブ・ディランの日ならスケジュールが合います。当日、オーチャードホールの入り口で待ち合わせましょう」

送信ボタンを押した途端、やっちゃったー！と懐かしいトキメキが押し寄せ、五二歳でこんな気分にさせてくれるその人に感謝した直後「もしかしてストーカー？」と不安がよぎった。

「神様！　コンサート以上は望みませんから、変な人をよこさないでください」

無宗教のくせにこういう時だけ神頼み。自分でもどの神様にお願いしていいのかわからなかったが、つかの間の楽しい時間となることを願いながら胸で十字を切っていた。

待ち合わせ場所をホールの入り口にしたのにも長年の経験を活かしたつもりだった。先にカフェなどで待ち合わせ、テーブルで向き合い、話題を探しながらお互いの反応を探るのに消耗するのも避けたかった。もう相手がどんな人かよりも、ボブ・ディランだけが目的だった。音楽だけ聴いて早々に帰宅しようと心に決めていた。でもやはり、いくら信頼できる知り合いの友人とはいえ、名前しか知らない男性とのデートもどきに挑むとなると落ち着かない。少しくらいは相手を知るべきではないか。私はあわててSNS上での彼の書き込みを遡り、名前を検索してみた。

荒井カオル。フリーランスのライター。検索しても多くの情報はなかった。顔も年齢もわからないこの人の著書の中で目を引いたのは、彼が、かつて日本を代表するジャーナリストだった人物が長年にわたって盗作を繰り返していた剽窃事件を暴いたライターだということだった。あのジャーナリストを潰した人？　調査報道に向いてるタイプ？　敵に回すと面倒な人かも？と少しひるみつつ、その剽窃問題を暴露した本をネット注文した。そしてSNSでの彼の書き込みをたどってみた。

匿名ではなく本名を公表しているところに好感を持った。彼の投稿は日本人にしては珍しく、映画や本についての感想をお世辞なく率直に書いていた。「ゴミのような映画を作りやがって」「こんな面白くもない本を世間に出して恥ずかしくないのか」とタイトルや著者名をはっきり書いて評していて、思わず声を出して笑った。きつい言葉が怖くもあったが「この人は、他人が自分をどう思うかを気にしていない。そもそも人に好かれたいと思っていない」と思うと親近感が湧いた。会った時、もし私の作品についてきつく批評しても聞き流そう。ボブ・ディランを聴いた後は二度と会わなきゃいいと自分に言い聞かせ、あくまでもコンサートには行くという前提を保持しつつ、自分の中に逃げ道を用意した。

私もすでに五二歳。紀元前のように思える離婚経験のあと、いくつもの惚れた腫れたを経て、やっぱり一人がいいという境地にいた。恋愛願望もなく、誰かと一緒にいながら寂しさを感じるよりは、一人で生きる孤独がいい、もう男はこりごり、と豪語していた。

二ヶ月後のある日。夕方まで初小説の原稿をチェックし編集者に送り、急いで身支度をした。一人分のチケット代金を封筒に入れバッグに忍ばせて、渋谷のBunkamuraオーチャードホールに駆けつけた。顔も知らない相手を探せるはずもなく、彼が私に声をかけてくれるのを待つしかないと思っていた矢先、ジーンズにオタクっぽいTシャツを着た男性から声をかけられた。

「ヤンヨンヒ監督ですよね。荒井カオルと申します。お忙しい中、今日はお時間を頂きありがとうございます」

パンクバンドの過激な名前が全面に書いてあるTシャツを着た、たぶん私より年下な男性は、とにかく礼儀正しい印象だった。世間話をする時間もなく、ホールの中に入った。

客席に並んで座るとほどなく、舞台に鮮やかな色のライトが入り、バックバンドのメンバーたちと一緒にボブ・ディランが現れた。「Hello Tokyo!」も「Thank You!」も曲のタイトルも言わない二時間。淡々と曲を弾き歌うだけのステージは、一切の媚がなく、自信に溢れ、潔さの結晶のようだった。私とカオルは何度も顔を見合って笑い、お互いの感動を確認しながら立ち上がって拍手を送っていた。アンコールに応えてふたたび舞台に出てきた時でさえも、黙って出てきて、歌って去っていく、だけだった。「ミュージシャンはこうでなくっちゃね!」と私が言うと、カオルは大きく頷いた。完全にボブ・ディランに酔いしれ、コンサートホールを出る頃にはおいしいシャンパンを飲みたくて仕方がなかった。

「お腹すきません? 喉も乾いたし」

気がつくと、私が彼を食事に誘っていた。

「もしも、と思って予約した店が近くにあるんですけど」

そうこなくっちゃ!と叫んだ心の声がばれないように、私は平静を装って歩いた。カウンターだけの小さなフレンチ・ビストロで、私は大いに飲み、食べ、語った。最後には「あら、食べないの?」と言いながらカオルの皿に残っていた肉まで平らげた。

その日から私とカオルは、週の半分以上を一緒に過ごした。

はじめて会った日から三ヶ月後のある日、カオルは私に「結婚してほしい」とプロポーズをした。それまで気の利いたレストランや居酒屋に通っていた私たちだったが、この日にかぎって有楽町のガード下にある汚いセンベロ居酒屋にいた。焼鳥を食べていたら突然「結婚してほしい」と言われチューハイを吹きそうになった。え？　今？　よりによってここで？と笑いを堪えている私をよそにカオルの表情は真剣そのもの。断る理由も思いつかなかったが、一回りも年下なカオルの将来を考え、無意識のうちに消極的な説得を始めていた。

「とてもありがたいんだけど、結婚までしなくてもいいんじゃない？　将来カオルが自分の子供を持ちたいと言っても私は叶えてあげられないよ。何よりあなたのお母さんが反対なさるだろうし。もし一緒に暮らしたくなったらそうすればいいじゃん」

「婚姻届にこだわるわけではないけど、僕は本気だから」

年齢差も親の意見も関係ないと断言するカオルだったが、なぜか大阪にいる私のオモニには挨拶をしたいという。

「礼儀というか、ケジメが大事だと思う。大阪のオモニに挨拶をしたあとで一緒に暮らしたい。もし子供がほしくなれば養子縁組を考えればいい」とまで言う。カオルの真剣さに圧倒された私は、いくつかの条件を提示した。
①とりあえず実験的に同居してみる。
②もし気持ちが冷めたら正直に伝える。お互い無理や我慢をして一緒に暮らすような悲劇は避ける。
③カオルが自分の子供がほしいと思った時は私に率直に伝える。
反論したそうな表情だったがカオルは承諾した。私はその場でオモニに電話をした。会ってほしい人がいると伝え、カオルの大阪訪問のスケジュールを決めた。

大阪行きのスケジュールが決まってすぐに、カオルは一人で長野の実家に向かった。正月くらいしか実家に帰らない次男が東京から急に来たので驚いていた母親に突然、

「これ、今夜中に見てほしい」

と私が監督した映画三作品のＤＶＤを渡したらしい。理由もわからないまま、カオルの母はその夜のうちに『ディア・ピョンヤン』『愛しきソナ』『かぞくのくに』を見てくださったというから驚いた。

翌日、朝ご飯を出す母親にカオルが突然、

「昨晩見てくれた映画を作った監督と結婚するから。決めたから」

と報告したという。驚いた表情の母親は黙っておかずを並べてカオルの向かい側に座った。

「えらい急だね。とにかく、どういう家の人なのかはよくわかりました」

カオルの母は、それ以上何も聞かなかったという。頑固な息子の決心を見て、よっぽどのことだろうと諦めたのだろうか。私に会ってみたいという母親にカオルは、大阪のオモニへの挨拶が先だと言い、朝ご飯を平らげて東京に戻ってきた。


カオルが長野の実家に行っているあいだ、東京にいる私の心の中ではドキュメンタリー監督としての厚かましい構想がムズムズ動き始めていた。すでに五、六年前から済州四・三についての母の証言を少しずつ撮影し、どう作品にするかを悩んでいた。過去作で一切触れなかった済州四・三について描いてこそ、デビュー作の『ディア・ピョンヤン』をやっと終えられるような気がしていた。済州島にルーツがある私の両親が、韓国を否定し北朝鮮を支持して生きてきた、論理的には説明しきれない理由がそこにあるかもしれないと思ったからだ。その一方、済州四・三については母の記憶だけが頼りだった。写真も映像も残っていない母の過去をドキュメンタリー映画にできる自信がなかった。劇映画ならすべて作れるが、長編ドキュメンタリーにするためには決定的に素材が足りない。母を主役にした作品は短編映画にすべきか悩んでいた。しかし現実は、私の予想を裏切る方向でドラマティックに動いているではないか。金日成親子の肖像画を掲げて暮らすエキセントリックな在日コリアンの母親に、娘が日本人のパートナーを紹介する、まるでコメディ映画のようなシーンが生まれようとしている。これを撮らない手はなかった。母とカオルの対面がどんなドラマになるかはまったく予想できないが、だからなおさら撮るに値すると考えた。母が大反対しようが、金日成の写真や著作が溢れる大阪の実家を直接見たカオルが逃げ出すか、どんな結果になろうとも撮影するべきだと確信した。写真を撮られるのを極端なほど嫌がるカオルだったが、ここは率直に頼むしかない。私は頭を下げた。

「日本人のパートナーを娘が紹介した時、オモニがどんな顔をするかを撮影したい。あなたの肩越しにオモニを撮るので、あなたの顔は映らないようにできる。撮影を許可してほしい。それにもしかすると、撮った映像は映画になるかもしれないし、映画祭に出品されたり映画館で上映されるかもしれない。それも含めた承諾がほしい。もちろんあなたの言動に演出的な指示は一切しない。難しいだろうけど、できる範囲でカメラをないものと思って、自由に話し動いてくれればいい」

藁をもつかむような心境で頼む私にカオルは即答した。

「僕の顔も撮らないと面白くないじゃん。映画監督の、ドキュメンタリストのパートナーになるって決めたんだから、それくらいの覚悟はできる。遠慮せずバンバン撮ってくれていいよ」

カオルの快諾に驚きつつ、カオルの気が変わらないうちにと、私は要求を増幅させた。

「もし将来的にあなたと私の関係が壊れたとしてもドキュメンタリーは世に出るし、著作権は私が持つ。いつまで撮影が続くかわからないけれど、途中で気が変わっても困る。そしてできれば撮影に必要な経費をどう捻出するかを一緒に考えてほしい。要するに、作品の内容に一切口出ししない条件でプロデューサーになってほしい」

ここまで言い切った私は、カオルの反応を見るのが怖くさえなっていた。

「わかった、すべて受け入れる。とにかくがんばってくれ。いや、がんばろう。いやー、こりゃ参ったなー」

カオルは豪快に笑った。ありがたくて申し訳なくて、でも嬉しかった。カオルの人生と私の人生が、ガチャンと音を立ててダイナミックに交差し始めた瞬間だった。

「明日挨拶に来る荒井カオルさん、すごく緊張してはんねん。『ディア・ピョンヤン』を何度も見てるから、日本人はアカン！って強く反対されるのも覚悟してるって」

　カオルが訪れる前日に大阪の実家に行った私は、母の気持ちを探ろうと努めた。

「鶴橋の市場の肉屋さんにヒネ鶏注文しといたから。ニンニクは今日のうちに皮剝いて、明日は朝早ようから炊かんとな。昼ご飯時くらいに食べるようにしたらええか？」

　驚いた私は、日本人でもええの？と念を押して訊いた。

「ホンマはな、そんなん関係ないねん。好きな人と一緒になったらええ」とオモニ。

「なにそれ。そんなん、もっと早よ言うてえな。昔とえらい違うやんか」と私は泣き笑い。

「アボジが生きてたら一言いうかも知れんけど。まあ人柄が大事やからな。どんな人か会ってみましょ。お金は結婚してからでも作れるけど、性格は変えられへんからな」

　母は嬉しそうだった。自分がこの世を去れば、残される娘は天涯孤独になってしまうと心配していた母にとって、五〇歳を過ぎた娘にパートナーができたことだけでありがたかったに違いない。その夜は遅くまでアボジとの思い出を聞いた。

　カオルがオモニとはじめて会う日の様子はドキュメンタリー映画『スープとイデオロギー』にある通りだ。母は心からカオルを歓待し、カオルは敬意を持って母の話を傾聴してくれた。

お互いを尊重し合う二人の見事な外交ぶりに、カメラを向けている私は大いに教えられた。そして母の手作りの鶏スープが見事な仲介役を果たした。

鶏スープを分けて食べる

鶴橋にある母の家を訪れ歓待を受けたカオルは、母が作った鶏スープに心から感動していた。五時間も煮込んだスープの味もさることながら、形式を気にしない母の気さくな対応にも感心したようだった。『ディア・ピョンヤン』を数十回も見ているので、「日本人とアメリカ人はアカン！」という亡き父の断固たる信念は知っていたし、何事も父の意見を尊重する母だと私から聞いていた。塩を撒かれるかも、キムチを投げつけられるかもと冗談まじりに不安を漏らしていたが、それほど緊張していたのだろう。笑顔で母に歓待されて本当に喜んでいた。

母の笑顔からも窺える一人暮らしの寂しさをカオルは察知していた。カオルは、会えない家族の写真に囲まれて暮らす母が不憫だと、自分が四番目の息子になると言って、時間を見つけては大阪に通ってくれた。

カオルは、次は自分がオモニに鶏スープを作ってあげたい、と作り方を教わるようになった。鶴橋の市場での買い物から同行し、鶏専門店とニンニク専門の八百屋さんに母と連れ立っていった。途中の道でご近所の知り合いに会うたび、母は「うちのお婿さん。ヨンヒの旦那さんです」とカオルを自慢した。照れながら頭を下げるカオルは「荒井カオルです。日本人の夫です」と自己紹介をした。そのたびに相手は目を見開いて「まあ、そう！」とカン高い声を上げた。まさか母が日本人の娘婿を自慢するとは思っていなかったようだ。在日のご近所さんは「もう時代が違うからな、本人が良ければええやん」と言い、日本人のご近所さんは「なんかわからんけど、嬉しいわー」と言った。私は心の中で「婚姻届も出してないけど、まいっか」と思いながら二人にカメラを向けていた。私が撮影していることに驚く人はいなかった。

母とカオルがテーブルで向き合い、鶏スープを作るために買ってきたニンニクを一緒に剝きながら世間話をする。この〝場面〟に遭遇したとき、これが作品の核になると確信した。イデオロギーが違うと罵り合い、争い、殺し合うことが起こっている世界で、この新しい家族が一緒にスープ（ご飯）を作って食べることがとても尊く思えた。考えや価値観が違っても一緒に生きていけるということを、母とカオルが証明して見せてくれているようだった。

単純なレシピではあったが、何十年も鶏スープを作ってきた母の味を再現するのはほとんど不可能だった。それでもカオルは新しい息子が作ったスープを母に食べさせたい、と東京の自宅で何度も鶏スープを作る練習をした。母が使うのと同じ大きさの鍋に、同じ量の水を

入れて丸鶏を五時間炊いた。若鶏を使ったり、母が好むヒネ鶏を使ったり、鍋の縁に菜箸を置いて蓋をするのも忘れなかった。同じ手順で作ってもなかなか母の味にはならなかったが、回数を重ねるたびにスープの味は進歩した。その後は大阪に行くたびに、カオルは母に鶏スープを作った。母がデイサービスに行っているあいだに支度をし、夕方家に戻った頃にはできたての鶏スープで迎えた。母はカオルの気遣いに心から感謝していた。

「あんたはええ人に巡りあったんやで。夫婦はお金だけでは暮らされへん。性格と暮らすんや。カオルさんは素朴で優しい人や。大事にしてあげなさいよ」

と母は何度も私に言った。

ドキュメンタリーを撮っている監督としては、母に、今まで聞いた話でもカメラの前で改めて語ってほしかった。しかし聞き手が娘となると母は端折ってしまい、編集上〝使えない〟インタビューになることが多かった。その点、新しい家族である、ましてや日本人のカオルに母が語る時、私のためにはない丁寧さが加わり、とても良い語りになった。フリーのライターであるカオルの仕事が取材と執筆だったことも功を奏した。大阪に行く前に在日の歴史や済州四・三についての本を乱読したカオルの的確な質問と受け答えに、母はますます前のめりに自分を語った。時間が過ぎるのを忘れて子供の頃からの話をするようになった母は、済州四・三についてもカオルに伝えるようになった。母の記憶の蓋が開く音が聞こえるようだった。その奥には、長年封印してきた記憶、少しでも語ると殺されるかもしれないと恐れるほどの壮絶な記憶もあった。胸の奥底に仕舞い込み、いくつもの重石をのせてあった記憶の蓋を、私とカオルで少しずつ少しずつ動かしているようだった。

家族とは血縁だけではないとつくづく思う。わかり合い支え合おうとするお互いの努力があって機能する関係性があってこそ、その集合体は家族たりうるのかもしれない。わかり合うためには相手の記憶を共有する努力がもとめられる。当事者にはなれないが、計り知れない他者の人生を理解するのは不可能だが、せめてアウトラインくらいはわかっていたいという謙虚な共有。そのためには知ることだ。事件と事実を、感情と感傷を、そして言葉にならない想像と妄想までもを。

コノ兄の死

二〇〇九年の七月、東京で暮らす私に、見ず知らずの人から突然SNS経由のメッセージが届いた。その人はピョンヤン訪問から戻ったばかりの在日コリアンなのだが、コナ兄から私への手紙を預かっているという。私の東京の住所を伝え郵送してもらう約束をした。数日間、その手紙を待ちながら、落ち着かなかった。普段は大阪の母宛の手紙の封筒に私へ書いた便箋を同封するのに、込み入った相談でもあるのかと胸騒ぎがした。

数日後に手紙が届いた。コナ兄の朝鮮語の文章には書き出しから無念さが溢れていた。

「愛する妹、ヨンヒへ。どうか驚かないでほしい。コノ兄さんが亡くなった。心臓麻痺で倒れ、その日のうちに帰らぬ人となった。すでに葬儀も済ませた。郵便よりも早いだろうから、明日、訪問中のピョンヤンから東京に戻るというK氏にこの手紙を託すことにした。この知らせを受けて大阪で一人暮らしのオモニがどれほどショックを受けるか、ピョンヤンにいる家族や親戚たちは皆がその心配をしている。こんな悲しい知らせを妹にするしかない情けない兄を許してほしい。そして、信頼する妹に頼みがある。二週間後の〇月〇日、大阪の家に私が国際電話局からコレクトコールをし、コノ兄が亡くなった状況をオモニに話そうと思う。その日までにヨンヒが大阪に行き、コノ兄が亡くなったことをオモニに先に知らせておいてほしい。そして私が大阪に電話する時には、オモニの側にヨンヒがいてあげてほしい。連絡の方法がないので勝手に日時を決めて申し訳ないが、何とか仕事の都合をつけて大阪に行ってくれ。○月○日に大阪のオモニの家に電話をする。ではその時に」

周囲の音が消え、時間が止まったような感覚に包まれた。悪い冗談であってほしいと願いながら、手に持った封筒と便箋を何度も確かめた。東京に存在するすべてが「普段どおり」なのに、私の頭の上にだけ爆弾を落とされ、自分の脳みそが砕け散っているような気がした。「そんなはずはない、あり得ない」と全身全霊で否定しつつも、震える手がスケジュール帳を探していた。○月○日……○日……。激しく動揺しながらも、今にも口から飛び出しそうな自分の心臓に、落ち着け！と言い聞かせた。受け入れたくない事実と、対応すべき現実のあいだにいる自分が不憫だったが、○月○日まですでに一週間を切っていた。部屋中のモノを粉々に壊してしまいたいほどの憤りを抑えようと努めた。

まず何からすべきか。Eメールのフォーマットに定型文を書きながらいくつかのミーティングをキャンセルした。そしていつの間にか頬をつたう涙を拭いて洟をかみ、咳払いをし、普段通りの声を出す練習をした。「アー、アー、もしもし？　オモニ？」と言おうとしたが声が出なかった。深呼吸をし、コップ一杯の水を飲んだ。「もしもし、オモニ？」「オモニ！」「オモニ、あのな……」数回練習をして母に電話した。

「もしもし、オモニ？　ヨンヒ」

　久しぶりの娘からの電話に嬉しそうに答える母の声が聞こえた。その声にすがりながら必死に嘘をついた。

「久しぶりに休みが取れるから鶴橋に行くね。オモニにご飯作ってもらいながら、一週間くらいダラダラ寝て過ごそうかなと思って」

　努めて明るい声で話した。

「そうかいな。家でゆっくり寝たらええ。いつもの鶏スープ炊くわな。いつ来るの？　明日か？　明後日か？　新幹線乗ったら電話ちょうだい。市場行って、ええ鶏頼んどくわな」

　何も知らない母は嬉しそうだった。

　電話を切ると膝が崩れ、涙が溢れた。子供のようにしゃくり上げながら泣いた。しばらく泣くと心臓の鼓動が耳鳴りに変わった。全身の力が抜け落ちていき、這いながらベッドに横になった。コノ兄と過ごした少ない時間が、編集された動画のように再生され続けた。子供の頃に鶴橋の家で過ごした時のコノ兄、帰国船のデッキにいたコノ兄、最後にピョンヤンで会った時のコノ兄……。一緒に過ごした時間があまりにも短くて、悔し涙が溢れた。

私を産んだ後のオモニが早々に紳士服を仕立てるミシン仕事を再開した時、乳飲み子だった私をおんぶしてあやしたのは当時中学生のコノ兄だった。床に寝かすとすぐに泣き始める私を、コノ兄は文句も言わずあやしていたそうだ。

私が四、五歳になった頃から次兄のコナや末の兄コンミンは、大阪のテレビ番組で見る漫才師のギャグを幼い私に教えた。ホウキを持たされチャンバラを教えられた私が、家の襖を破ってしまったこともあった。下の兄たちは日本の歌謡曲やグループサウンズ、洋楽ではビートルズ、エルヴィス・プレスリー、サイモン&ガーファンクルを私に聴かせ、コミック雑誌を見せてくれた。言うならば、コナ兄とコンミン兄は、妹に大衆芸能を叩き込んだと言える。その一方コノ兄は、大好きなクラシック音楽を幼い妹に聴かせようと一生懸命だった。コノ兄は学校から帰ると私に大きなヘッドフォンをかけてくれた。ベートーベンやショパン、チャイコフスキーやドヴォルザークを聴かせながら偉大な音楽家たちの人生を語り、曲に託された物語を話してくれた。兄たちと過ごす時間は、すでに幼い私にとって、日本と欧米の文化にどっぷりと浸かる時間になっていた。私は意味もわからないまま、大人びた本や音楽を、兄たちと一緒に見て、聴いて、圧倒されていた。兄たちと過ごしたその刺激的な時間は、私にとって宝物だったのだ。

一九七二年初頭。東京にある朝鮮大学校文学部の学生だったコノ兄が「金日成主席様の還暦に捧げる青年祝賀団」の一員として選ばれ、片道切符で北朝鮮に渡ることを命じられた。本人が希望するか否かに関係なく、大学(組織)から選抜され、北朝鮮への移住を強要されるというとんでもないプロジェクトだった。コノ兄が指名された時、朝鮮大学校の同級生たちはとても驚いたそうだ。指導者の還暦を祝うため、大学生たちに北朝鮮への移住を命ずること自体が狂った発想だが、メンバーを選ぶ上での最低限の基準があったという。長男は選ばない、すでに兄弟が北朝鮮に「帰国」している学生は除く、など。指名されたコノ兄は長男であり、すでに二人の弟たちが「帰国」していた。両親は長男だけでも側に置かせてほしいと総連中央本部に嘆願したが、その願いは却下され、長男も速やかに祖国に捧げることを命じられた。総連組織の決定に異議を唱えることは金日成への忠誠心が曇っている証拠だと両親は責められたという。総連大阪本部の重鎮だった父の立場を憂慮したコノ兄は、自分が拒否すると父に迷惑がかかるだろうと考え、「人間プレゼント」の一員として北朝鮮に渡る決心をした。出発に間に合わせるため母は無我夢中で荷造りをした。(後日談だが、母曰く、この時両親に「息子たちをすべて捧げて忠誠心の見本を示せ」と迫った総連中央の幹部は、自分の子供は「帰国」させなかったらしい。)

クラシック音楽なしでは生きられないコノ兄は、音楽だけは持っていきたいと、オープンリールデッキを母にねだった。〝召集令状〟に従い海を渡ることになる長男が不憫だったのだろう。母は父に内緒でオープンリールデッキを買い与えた。

コノ兄は、いつも自分の側に置いていたお気に入りの外国文学数冊とともに、〝酸素〟のようになくてはならないクラシック音楽を聴くためのオープンリールデッキを丁寧に梱包した。

新潟に向かう日が間近に迫ったある日、コノ兄は別れの記念にと、私と母をボリショイ・バレエ団の「白鳥の湖」大阪公演に招待してくれた。母は「叔父さんからの餞別がチケット代になってしもうたな」と呆れながらも嬉しそうだった。母と私は精一杯おしゃれをしてフェスティバルホールに向かった。私も母も、そしてコノ兄も、本物のバレエ公演を見るのははじめてだった。席は最前列。六歳の私は世界的にもトップクラスのバレエダンサーたちによる「白鳥の湖」に釘付けになった。ドーラン化粧を施したバレエダンサーたちの顔や首筋から噴き出る汗、オーケストラの音楽に合わせて動く筋肉、そして全身からほとばしる表現力に圧倒されながら、食い付くように舞台に見入った。踊りながら涙を流すオデット姫の姿は圧巻で、ホールを去りながらも感動は冷めやらず、私は呆然としていた。

「ヨンヒ、オッパがいなくなっても、たくさん音楽を聴いて映画を見るんやで。良い音楽を聴くと心がきれいになるし、良い映画を見ると頭が良くなるからな。本物を見なあかん」

と言いながらコノ兄は私の頭を撫でた。そして母に、

「ヨンヒにはかならずピアノを習わせてください」

と念を押した。母は黙って頷いた。

新潟港でコノ兄が乗った帰国船を見送った。港は溢れんばかりの同胞で埋まっていた。「金日成将軍の歌」を演奏するブラスバンドの音、「マンセー（万歳）！」の大合唱、お互いの名前を呼び合う同胞たちの声が響いていた。船のデッキで手を振る「帰国」者と、港で見送る人々。一人ひとりが手に持った紙テープで繋がっていたが、空を舞う紙吹雪で視界が遮られるほどだった。コノ兄は船の一番高い場所にあるデッキに立っていた。大人たちに揉まれながら立っている私を見つけると、手に持っていた紙テープに何かを書いた。「ヨンヒ！」と大きな声で叫んだコノ兄がそのテープを投げた時、私の横に立っていたコノ兄の友人がそれをつかんで私に見せながら、何が書いてあるのかを読んでくれた。

「良い音楽をたくさん聴きなさい。映画も見て。ピアノの練習がんばれよ」と書いてあった。

「コノらしいな」と兄の友人は言った。船のデッキに立っていたコノ兄は、私の側にいるオモニとアボジに向かって深くお辞儀をした。まるで戦場に向かう兵隊さんみたいだと思った。ブ

ラスバンドの音が大きく鳴る中、船はゆっくりと港から離れていった。

コノ兄には「帰国」直後から不幸なことが続いた。皮肉なことに、その原因はコノ兄が愛してやまない音楽だった。クラシックを含む西洋音楽と文学が禁止されていた当時の北朝鮮で、コノ兄が持っていったオープンリールの音楽プレーヤーと数冊の外国文学は大問題になった。批判され、自己批判を強要され、監視され、尾行され……。コノ兄は精神を病んでいった。ノイローゼがうつ病になり、躁うつ病に発展した。日本にいた時、繊細な文学青年ではあったが、誰よりも活発でクラスの班長や生徒会長を務めていたのに。一七歳の頃から訪朝を重ねた私の目にもコノ兄は別人のようだった。母は精神を病んだ長男を救うため、毎年のように訪朝し、取り憑かれたように仕送りをした。結婚し息子が生まれた後も、コノ兄の闘病は続いた。西洋音楽の中でもクラシック音楽だけが許されるようになり、私は膨大な数の音楽CDを送った。音楽はコノ兄にとっての治療薬だった。

二〇〇五年九月。父が脳梗塞で倒れた翌年に私はピョンヤンを訪れた。兄たちや兄嫁たち、甥っ子たちや姪っ子に、寝たきりになってしまった父の容態と日本での介護の方法を説明するのにほとんどの時間を取られクタクタだった。

私と音楽や映画の話をしたがっていたコノ兄は少し寂しそうだった。躁うつ病を患っているコノ兄に心配をかけまいと、脳梗塞で倒れ入院中の父の話をする時はコノ兄のいない場所を選んでいた。そのせいで、コノ兄と一緒に過ごす時間を持てなかった。次にピョンヤンを訪問した時には毎日のようにコノ兄と音楽の話をしよう、と心に決めて日本に帰った。そしてこの時の訪朝を最後に、私は映画が理由で北朝鮮に入国できなくなってしまった。

ピョンヤンにいるコナ兄が鶴橋の家に電話をするという日は五日後だった。泣きはらしたせいで頭も痛かったが、大阪に行く準備を急いだ。

鶴橋の家に行き、オモニが炊いてくれた鶏スープを食べ、他愛ない話をしながら数日を過ごした。

「オモニ、実は話があるねんけど……」

と何度もコノ兄の死について話そうとしたが、言葉が詰まってしまう。久しぶりに娘に会って嬉しそうな母、ピョンヤンにいる息子や孫たちの話をする母に、最愛の長男が急死したなんてとても言えなかった。病んでしまった長男を生かすことだけのために生きてきた母だった。

ピョンヤンから電話が来る予定の日。早く母に話さないと国際電話が来てしまうとやきもきしていると電話が鳴った。私が受話器をとると、コレクトコールの交換手だった。「康静姫（カンジョンヒ）さんですか？　国際電話を受けますか？」と聞かれ、「はい」と答えた。受話器から声が漏れていて母に聞こえていたようだ。「ピョンヤンから電話か？」と母が私に聞いた時、「ヨンヒ？　ヨンヒ？　聞こえるか？　コナオッパや。オモニはそこにおるんか？」とコナ兄が聞いた。

「オッパ、ごめん。オモニにまだ言えてなくて。今すぐ、まず私からオモニに話すから、一五分後に電話くれる？　電話局で待たせて悪いけど、一五分後にもう一度コレクトコールしてほしい」とコナ兄に言い、電話を切った。

「いったい何やの？　今の電話はコナからやろ？　何かあったんか？」

「オモニ、悲しい知らせやねん。実はな……」

オモニに話す私は涙声になっていた。コノ兄の死を知らされた母は呆然としていた。一五分後、コナ兄がピョンヤンの国際通信局から再度コレクトコールをくれた。葬儀もすでに済んだことなどを聞いた母は、次の船でピョンヤンに行くことを約束し電話を切った。受話器を置いた途端、母は部屋の畳を何度も叩きながら「アイゴ、可哀想に。苦労ばっかりして……病気して……」と泣き崩れた。母はそのまま数日間寝込んでしまった。脳梗塞で入院し寝たきりの父には、コノ兄の死を知らせないことにした。

泣いている時間はなかった。母をピョンヤンに行かせるため、お金の準備を急がなければならなかった。寝込んでしまった母のご飯を作り、母がピョンヤンへ持っていく荷造りの買い物に走った。コノ兄のために泣く時間もないまま、忙しく時間が過ぎた。

翌月、母はコノ兄の墓を作るためにピョンヤンに飛び、私はピョンヤンで暮らす姪っ子を主人公にしたドキュメンタリー映画『愛しきソナ』の編集作業のためにソウルに飛んだ。

同じ年の一一月、大阪で父が亡くなった。

母の証言

母の故郷であるエウォル面ハギリ（下貴里）は、済州島の中でも四・三の犠牲者が多かった地域だ。

二〇一七年一一月。済州島にある「済州四・三研究所」のメンバーが聞き取り調査のために大阪にやってきた。済州四・三を経験した生存者たちにインタビューをするとのことで、母もインタビュイーの候補だった。

済州四・三について語り始めた最初の頃の母だったら、インタビューを受けることを躊躇したと思う。でも、娘の私に語り始めて一〇年近く経っていたし、日本人である私の婚約者にも自分の生い立ちや済州島での体験について丁寧にわかりやすく語り始めていた母は、すでに何度もインタビューのリハーサルを済ませたような状態で自信があったのか、インタビューを快く引き受けてくれた。この頃の母は「がんばって辛い経験を語る人」ではなく、「済州四・三を伝える人」になりつつあった。自分や他の生存者たちの話を聞きに済州島から研究者たちが来るというのも、母にとっては時代の変化を実感できる事件なのかもしれない。韓国から来る人たちの前で話すということで緊張もしていたが、表情は明るく少し高揚さえしていた。

予想より多くの人が我が家にやってきた。済州四・三研究所の所長、前所長、研究員、日本の大学で済州四・三を研究している学者、大学院生、大阪の済州四・三を考える会代表など、我が家の狭い居間に入りきらないほどの人が集まった。畳に座った来客たちが、膝が痛くて椅子に座った母を囲んだ。インタビュ－は、所長と前所長が主に質問をし、母が答えた。いくつものビデオカメラとボイスレコーダーが母の言葉を記録した。

母の証言は、日本で生まれ、中学校の時に大阪大空襲を避けるために済州島に疎開したことから始まった。一五歳から一八歳までの三年間の済州島での暮らしと、一八歳の時の済州四・三で何を見て聞いたのかを語った。医師であった婚約者が武装隊を助けるために山に行ったこと、親友の女の子とガソリンを運んだこと、山に行った婚約者の死を知らされたこと、弟と妹を連れて密航船で日本に戻ってきたことなどを具体的に語った。

すばらしかったのは、済州四・三のエキスパートたちによる質問が具体的で、さらに母の言葉を漏らさず拾い、もっと具体的な質問を投げかけてくださったことであった。自分の言葉を十分な知識で受け止めてくれるインタビュアーの反応に刺激されながら、母の記憶の蓋が次々と開いていくようだった。

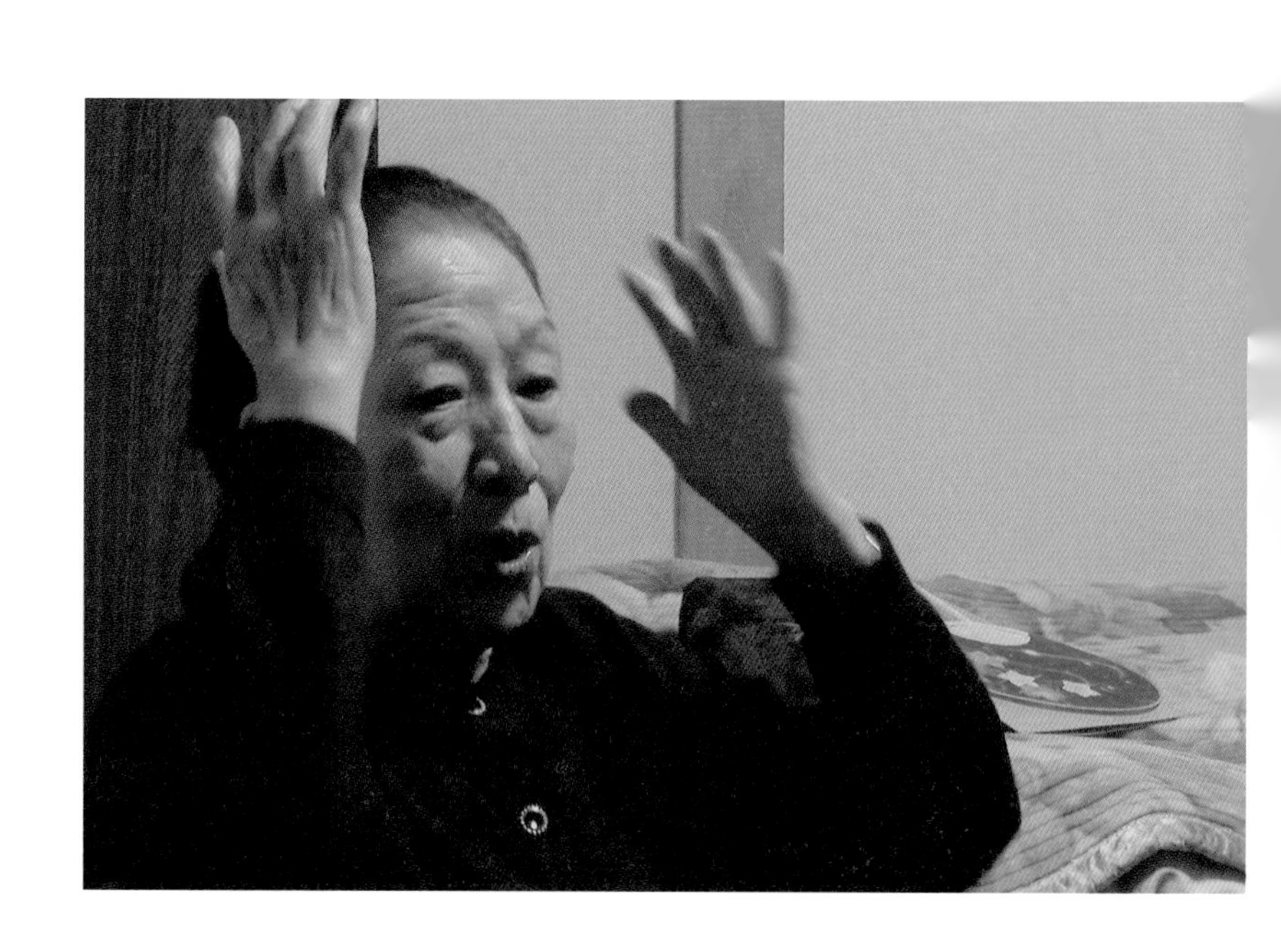

研究所の記録を撮っていたスタッフが、七〇年前の記憶を語る母の言葉の信憑性を、済州島の研究所とSNSで繋ぎながらその場で確認していた。母の記憶はとても正確だということが証明され、インタビューはさらに深く掘り下げられていった。映画では約七分半のシーンだったが、母はこの日、実に三時間を喋り続けたのだった。カメラで撮影していた私は、母が倒れるのではないかと心配になったほどである。普段インタビューをよく受ける私は、昔を思い出しながら自分のことを語ることがどれほどのエネルギーを消耗するかよく知っているからだ。

三時間に及ぶ濃厚なインタビューに応じた後も、母は倒れなかった。その日もよく食べ、よく眠った。翌日に熱も出さず元気に思えた。それが一週間後あたりから様子が変わっていった。

「アボジ！　コノ！　サンチョリ！　どこにおるの？」

母は、すでに亡くなってこの世にいない家族を探し始めた。父を、長男を、弟を呼びながら家の階段を上がって部屋の中を見回した。目がうつろになり、言葉がすぐに出てこなかった。病院での検査の結果、アルツハイマーと診断された。

自分の状態に母も困惑しているようだった。医師からのアドバイスに従って、私も夫のカオルも母の言うことを否定しなかった。母が父の居場所を聞けば総連の本部に行ったと告げ、兄を探せば学校へ行ったと伝えた。母の話をまとめると、三人の息子たち、母の両親、弟と妹、夫、娘のヨンヒまで皆がこの鶴橋の家で一緒に暮らしているという。

「オモニ、息子みんなを帰国させたやん？　ピョンヤンにいるやんか」

一度だけ確認のために母に聞いたことがあった。母は「帰国」という言葉の意味がわからなかった。母の記憶には「帰国事業」自体が存在せず、「ピョンヤン」と言っても反応がなかった。

ショックのあまり私は気が遠くなりそうになったが、母に合わせるしかなかった。母は皆が一緒に暮らしている六〇年代後半に戻っているようだった。不思議なことに私の夫のカオルのことは認識した。六〇年代だとカオルは生まれていないのだが、そんなことはどうでもよかった。母が「カオルさん！」と言ってくれるのが嬉しかった。そしてヨンヒが二人いるようだった。息子たちと遊んでいる幼いヨンヒと、目の前にいる世話係のヨンヒ。まったく問題なかった。母が笑っていてくれればそれでよかった。幸い、私もカオルも母の妄想に合わせるのが苦痛ではなかった。病気だもの。責めることも嘆くこともナンセンス。母は病気なのだ。私とカオルが母の妄想に合わせる限り、母はストレスなしで過ごせることがわかってほっとした。実際、アルツハイマーが進行しながら母の表情は穏やかになった。家族が一緒に暮らしているという妄想のお陰で、母は仕送りのためのお金の心配から解放されたのだ。訪朝のための資金を集める心配もなくなった。躁うつ病で苦しんだコノ兄の思い出もなくなったし、夫を亡くした寂しさもなくなった。だって今、母は皆と一緒に暮らしているのだから。こんなありがたい妄想はない、と夫と私は安堵した。

ただ一つ。母が「帰国事業」それ自体を忘れてしまったということを、私はいつか兄たちに言えるのだろうか。そんな残酷なことができるのだろうか、しても許されるのか、する必要があるのか、と悩まずにはいられない。そして今も悩み考え続けている。

忠誠の歌

アルツハイマーを患い記憶を失っていく母が、金日成を称える歌をうたう。残酷で純粋で滑稽で愛おしく哀れでいじらしい、少女のような母の姿である。人間の不可思議さが凝縮したようなこのシーンは、『スープとイデオロギー』一一八分の中でももっとも心を鷲掴みにする。思い出すたびに息苦しくなるほどだ。

生きていると言葉では言い表せないほどつらい状況に出合う。その瞬間をカメラが捉えるときに奇跡のような場面が生まれ、その作品を見る人の心を揺るがす。残酷な話だ。

七〇年ぶりの済州島

母は故郷を離れ七〇年ぶりに済州島を訪れた。アルツハイマーを患い記憶がどんどん消えていく中、うろ覚えの〝愛国歌（韓国の国歌）〟を周囲の人に合わせて歌う朝鮮籍の母は済州四・三生存者。両親を反面教師にアナーキーに生きようとする韓国籍の娘。北朝鮮政府から授与された勲章をずらりとつけた亡き義父の写真を抱えながら、義母と妻を支える日本人の婿。

「済州四・三　七〇周年慰霊祭」に参加している三人は韓国国家を知らない。三人は一緒にご飯を食べる。三人は家族である。

追
제70주년 4·3희생자

제70주년 4·3희생자

肖像画を下ろした日

『スープとイデオロギー』を見た知り合いからのメッセージが届いた。「肖像画を外すシーンをあえて入れるなんて、二度と北朝鮮に入国できないかもしれないじゃないか。ますます家族に会えなくなるかもしれないのに、君は何を考えているんだ。ピョンヤンの家族が心配じゃないのか」という抗議に近いものだった。家族にカメラを向けてきた二六年間は、その自問自答の繰り返しだった。その問いへの答えが作品でもある。今に至ってもなお、私が政権や組織にお伺いを立てながら作品を作ると思っているのか。アホらしくて返信もしなかった。もちろん作品についてどんな感想を持とうと自由ではあるのだが。

小説『火山島』や「鴉の死」で知られる在日作家の金石範（キムソクポム）氏は同じシーンについて「歴史に対する痛烈な批判だ」と述べられた。嬉しかった。届いた、という実感に励まされ、創作を続ける勇気が湧いた。

どうしてもこのシーンは入れたかった。入れなければならなかった。私からの決別として。新たに歩んでいくための区切りとして。古い時代に対する決別であり、家族に対する決別でもある。こんな時代はもう終わりにします！という決別だ。ピョンヤンにいる家族が心配でないはずはない。今までも十分そうだったし、これからもそうだろう。だからなおさら、私は家族と決別しなくては、と思う。北朝鮮に家族がいるから何も言えない、という時代を終わりにしたいのだ。もう十分ではないか。何より、私は北朝鮮で生きているのではない。

肖像画を下ろそうとした日、昼食を食べながら母に聞いてみた。アルツハイマーが進んだ母とは会話が成立しない日が多かったが、その日の母は少しだけしっかりして見えた。

「オモニ、二階にある主席様の肖像画、あれ、もう下ろしてもいい？　なくしたらアカン？」

と私が聞いた。

「かめへんよ」

と母が言った。私と夫は驚き、顔を見合わせ、母を見つめた。母はケロッとした顔でプリンを食べていた。

「ほんま？　昔からずーっと掲げてた、あの肖像画やで。ほんまに下ろすよ」

私の言葉に、母は軽く頷いた。

「オモニ、この写真は？　ピアノを弾くウンシンの写真、これも外すの？」

台所に貼ってある孫の写真を指差しながら私は言った。

「それはおいとき」

と母。もう一度聞くのが怖くなった。プリンを食べ終えた母はイチゴを食べ始めた。


編集で母との会話を省き、私の判断と行動で肖像画を下ろしたように見せた。このシーンに対する責任を、アルツハイマーを患う母に背負わせるのは嫌だった。もちろん、作品の中のすべてのシーンの責任は監督にあるのだが。


はじめての劇映画『かぞくのくに』の撮影を控えた時のことを思い出した。二〇一一年夏のある日、大阪の母に電話をした。

「オモニ、二週間でいいから、家の二階に掲げてある主席様親子の肖像画を貸してくれへん？なるべく早く返すから。傷つけへんように気をつけるから」

私の頼み込むような言い回しに、母はすべてを察知したような声を上げた。

「次はいったいどんな映画を作るつもり？　ほんまにもう、普通の可愛らしい恋愛映画撮ったらええんちゃうの」

娘の要求に戸惑いを見せた母だったが、次の瞬間、

「で、いつまでに要るんや？　宅急便でええんか？」

と聞いてきた。さすが我が母だと感心した。丁寧すぎるほどに梱包された肖像画は数日後に届き、『かぞくのくに』の美術小道具のスタッフたちは大喜びだった。

大阪の映画館で『かぞくのくに』を見た母は、

「あんたの覚悟はわかったから。今後娘の仕事には口出しせえへんから。体だけ気をつけなさい」と言った。その後、毎月のように、高麗人参とたっぷりのニンニクが入った鶏スープを作り東京に送ってくれた。

大阪の実家に、もう肖像画はない。アルツハイマーが進行した母は「帰国事業」という言葉も忘れてしまった。母は、北朝鮮に渡った息子たちや弟、妹、そして自身の両親も皆、自分がいる家で一緒に暮らしているという妄想の中で過ごしていた。私と私の夫を含む家族全員が一緒にいるという、母の人生であり得なかった時間を生きていた。家族が皆一緒にいると信じる母は、日に日に穏やかな表情になっていった。そして毎日絵本を見ながら、自分が作り上げた物語を聞かせてくれた。私と夫は、母が話すすべての物語に笑顔で頷いていた。

送れない手紙

映画が理由で北朝鮮に行けなくなり家族と会えなくなってしまった。さらには、まったくの他人からではあるが、私からピョンヤンにいる家族に手紙を送らない方がいいというアドバイスが届いた。私が手紙を送っても届かないかもしれない、もしくは迷惑なことになり得る、とも言われた。本当かどうかはわからない。でも送らないと決めた。

『スープとイデオロギー』の最後の部分で、私が手紙を書いているシーンがある。数十秒のシーンだが、あの時、実は四時間以上も便箋に書いては捨て、書いては捨て、を繰り返していた。手紙は書かないと決めていたのに、姪っ子のソナへ書きたくなったのだ。ソナに語りかけるような、独り言のような手紙だった。母のアルツハイマー、新しい家族（夫）、夫の母への愛情など。書き出したら止まらなくなり、取り留めなく書き続けた。それが……。

母が「帰国事業」を忘れてしまったこと、ピョンヤンで暮らす家族が母の意識の中に存在しないことなどを書き始めたらペンは進まず、涙が止まらなくなった。ただただ申し訳なくて。でも私にはできることがなくて。私の責任でもなくて。本当にどうしようもなくて。どうすればいいのかわからなくて。

最初から送らない前提で書き出した手紙だったが、本当のことを書いたら、とても送ることなどできない手紙になった。

書いた便箋は捨てた。

祈るオモニ

私が若かった頃、友人に私の宗教を聞かれた時などは、

「両親は金日成教だけど、私は無宗教。親の反面教師で何事も信じすぎないようにしてるの。ハハ」

と答えてきた。

両親は金日成のお言葉通り、「宗教は害悪でしかない」と言っていた。法事で集まった親戚が信じる宗教の話などをした時、父は相手を激しく糾弾し、母は父に同調していた。子供心にも、アボジに迷惑かけるわけでもないのにそこまで言わなくても、と思ったものだ。それを母に伝えると、「宗教はアカン！」と相手にしてくれなかった。母は、教会へも、寺へも、神社へも行かなかった。正月の初詣に出かけ、一年の願掛けに手を合わせる人を見ては「暇やな、アホみたい」と一蹴した。

そんな母が晩年になって祈りを捧げるように手を合わせている姿を見た瞬間の驚きをなんと表現すればいいだろう。自分の目を疑い、思わず二度見した。

居間の椅子に座っている母が両手を合わせ、祈るように手を擦ったり、お辞儀をしたり、目を閉じたまま頷いたりしていた。戸惑った私は、認知症の症状？と思ったり、実は仏教徒だった？　密かにクリスチャン？　どの神様に祈ってる？と、幼稚な推測をしたりもした。

何も言わず、しばらく母を観察することにした。認知症が進むと縦にも横にも視界が狭くなると聞いていたので、私が同じ部屋にいることを母が認識できないよう、部屋の隅に静かに座った。

母は、長い時間手を合わせ、宙を見つめながら、頷いたり微笑んだりもした。まるで私には見えない誰かと交信しているようだった。しばらくすると普段の母に戻り、絵本を見たりしていた。

別の日も、黙って座っていたかと思うと手を合わせ、何度もお辞儀をしたり頷いたりした。しばらくしてふと側にいる娘の存在を確認し、ハッとした表情になって我にかえり、合わせている手を解きながら何もなかったような素振りを見せた。私が母の大切な時間を邪魔したようで申し訳なかった。それ以降、母が両手を合わせている時、私は少し離れた場所から見守るようにした。その後、次第に、私が目の前にいても気にせず手を合わせるようになった。

もう一〇年以上も前。母が、「一緒にお寺に行ってくれるか?」と私に頼んだことがあった。ピョンヤンで急死した長兄コノの一周忌の時だった。気持ちとしてはピョンヤンに行き、他の息子や孫たちと一緒にコノ兄のお墓参りをしたかったはずだ。しかし、大動脈瘤の手術をし、退院した直後の母にそれは叶わなかった。

退院直後の母は、コノ兄の一周忌にお寺に行き、僧侶に読経をお願いしたいと言った。母と大阪市天王寺区の統国寺に行き、本堂で僧侶にお経を唱えてもらった。在日コリアンの僧侶は「帰国事業」で離散した家族の状況にも詳しく、読経が終わった後も息子を亡くした母に語りかけてくださった。母は黙って僧侶の言葉に頷いていた。お寺で、手を合わせ、読経を聴き、僧侶の話にお辞儀をする母。私が知っている母とは別人のようだった。年をとった母が少し小さく見えた。

「一周忌やからな。何もせえへんのは寂しいし。ピョンヤンで墓参りしてるやろうから、これくらい簡素でええやろ。ヨンヒも来てくれたってオッパも喜んでるわ」

オッパという言葉を聞いた私の目から涙がこぼれた。

「小さい時にオッパらと別れて、アンタも寂しかったな」

こんな言葉を母から言われたのははじめてだった。「六歳の少女から三人の兄たちを奪うなんて虐待だよ」と言った友人の言葉が浮かんだ。私は何も言わなかった。

二〇一八年四月。すでにアルツハイマーと診断された母、夫のカオル、そして私とで済州島に行き「済州四・三　七〇周年慰霊祭」に参加した。日本に戻った後、母のアルツハイマーはますます進行した。母は、亡くなった家族も、ピョンヤンで暮らす家族も、皆が鶴橋の家で一緒に暮らしているという妄想の中で生きていた。「帰国事業」という言葉も完全に記憶から消え、「ピョンヤン」と言っても無反応だった。家族離散の悲劇も仕送りの心配もなくなった母は、とても穏やかな表情で毎日を過ごした。絵本を読み、ご飯をおいしく食べ、よく眠った。

私が東京にいるあいだは母を介護ホームのショートステイに預けた。母は嫌がらずにホームに行ってくれた。母と過ごすために私が大阪に来るときは、夫のカオルも一緒に来てくれた。大阪に行くたび、「僕を覚えてるかな?」と心配するカオルだったが、母は笑顔で「カオルさん」と呼んだ。大阪で過ごす日々、カオルは母の側にいてくれた。

服を着替え、髪を梳かし、手を洗い、お風呂に入る。その一つひとつに母は「ありがとう」と大阪弁の日本語でお礼を言った。テレビも音楽もうるさいと嫌がった。居間の椅子に静かに座り、ぼーっとしたり目を閉じたり鼻歌をうたったりしていた。カオルが母に絵本を読んであげたり、母が絵本を見ながらカオルに即興の物語を聞かせたり。母が椅子に座ったまま居眠りをすると、その横で畳にあぐらをかいたカオルも居眠りをした。まるで、昔から母とカオルと私との三人家族だったような錯覚に陥るほど平和な時間だった。

そして、祈ることは母の日常になった。

手を合わせている時の母の表情は穏やかで優しかった。合わせるための手の動き、合わせた手の解きかた、そのすべての仕草が優雅だった。

祈りとは何だろう?と考えるようになった。

教会にも寺にも神社にも行かず、ずっと自分が座ってきた居間の椅子で手を合わせる母の姿は、今まで私の中にあった「祈る」ことへの先入観を超えていた。誰に教えられたでもなく、形式にこだわらない、根源的な「祈り」のような気さえした。もしかすると、母が家族のためにしてきたすべての行為は祈りだったのではないか。夫を見つめ、子供たちを抱きしめ、食べさせ、着せて、寝かせて、起こして、叱り、励まし……。そのすべてが母の祈りだったのではないかと今思えて仕方がない。

母が両手を合わせて祈る姿。そしてスクリーンから観客に投げられる母の視線。これを

『スープとイデオロギー』のラストシーンにした。

ヤン ヨンヒ

大阪出身のコリアン2世。米国ニューヨークのニュースクール大学大学院メディア・スタディーズ修士号取得。高校教師、劇団活動、ラジオパーソナリティー等を経て、1995年より国内およびアジア各国を取材し報道番組やTVドキュメンタリーを制作。

父親を主人公に自身の家族を描いたドキュメンタリー映画『ディア・ピョンヤン』(2005)は、ベルリン国際映画祭・最優秀アジア映画賞、サンダンス映画祭・審査員特別賞ほか、各国の映画祭で多数受賞し、日本と韓国で劇場公開。自身の姪の成長を描いた『愛しきソナ』(2009)は、ベルリン国際映画祭、Hot Docsカナディアン国際ドキュメンタリー映画祭ほか多くの招待を受け、日本と韓国で劇場公開。脚本・監督を担当した初の劇映画『かぞくのくに』(2012)はベルリン国際映画祭・国際アートシアター連盟賞ほか海外映画祭で多数受賞。さらに、ブルーリボン賞作品賞、キネマ旬報日本映画ベスト・テン1位、読売文学賞戯曲・シナリオ賞等、国内でも多くの賞に輝いた。かたくなに祖国を信じ続けてきた母親が心の奥底にしまっていた記憶と新たな家族の存在を描いた『スープとイデオロギー』(2021)では毎日映画コンクールドキュメンタリー映画賞、DMZドキュメンタリー映画祭ホワイトグース賞、ソウル独立映画祭実行委員会特別賞、「2022年の女性映画人賞」監督賞、KINOTAYO現代日本映画祭グランプリなどを受賞した。2022年3月にはこれまでの創作活動が高く評価され、第1回韓国芸術映画館協会アワード大賞を受賞。

著書にノンフィクション『兄　かぞくのくに』(小学館、2012)、小説『朝鮮大学校物語』(KADOKAWA、2018)ほか。本書のハングル版『카메라를 끄고 씁니다』は2022年に韓国のマウムサンチェクより刊行された。

カメラを止(と)めて書(か)きます

2023年4月30日　初版第1刷発行

著者	ヤン ヨンヒ
編集	アサノタカオ
校正	瀬尾裕明
編集協力	牧野美加
ブックデザイン	松岡里美（gocoro）
印刷	大盛印刷株式会社
発行人	永田金司　金承福
発行所	株式会社クオン

〒101-0051
東京都千代田区神田神保町1-7-3 三光堂ビル3階
電話　03-5244-5426
FAX　03-5244-5428
URL　http://www.cuon.jp/

ISBN 978-4-910214-49-8 C0095